托爾斯泰短篇小說選集II

列夫·托爾斯泰——著
何瑄——譯

「不認識托爾斯泰者，不可能認識俄羅斯。」

——馬克西姆·高爾基

目錄

撞球計分員回憶錄

1855

Записки маркера

這事約莫發生在凌晨三點。貴族紳士們在玩撞球，在場的有：大貴客（我們這樣稱呼他）、公爵（總是與大貴客同進同出），蓄鬍子的貴族地主[1]、個子矮小的驃騎兵、當過演員的奧利佛，以及一位波蘭老爺[2]。人挺多的。

大貴客正與公爵對打，我則拿著計分板，繞著撞球檯走來走去、計算分數：九比四十八、十二比四十八。

大家都知道，做我們計分員這行可辛苦了！一整天吃不上幾塊麵包，有時連熬兩晚不能睡，卻還得持續吆喝報分，不停把球從落袋內掏出來。

我在計分時，看見一位新來的地主進門。他左右看看，便落坐在長沙發上。好哇！

「我說，這是誰啊？想必有點來頭。」我暗忖。

他的衣著無比整齊潔淨，全身行頭好似嶄新縫製：格子呢長褲、時髦的短襬禮服、絨毛背心，搭配一條掛滿各種綴飾的金鎖鍊。

不僅衣著齊整，本人看上去更是乾淨斯文：他的臉龐俊秀、膚色白裡透紅、身材高䠷、頭髮往前梳，按時下流行燙鬈——嗯，這麼說吧，是個英俊的小伙子。

眾所皆知，做我們這行的，見識過各式各樣的人：有權貴政要，也有不少低下敗類。儘管只是個小小計分員，待人處事卻要能靈活應對，也就是說，多少得懂些政治手腕。

我看了一眼這位年輕地主，只見他身著簇新禮服，靜靜地坐著，顯然不認識任何人。我猜想：

或許是外國人——英國人吧，又或者是從外地來的伯爵勳貴。年紀輕輕，卻通身氣派，奧利佛原本坐在他旁邊，甚至閃身迴避。

一局結束。大貴客輸了，朝我喝罵道：「都是你！老是胡報！只會東張西望，根本沒好好計分！」罵完，球桿一丟，便走了。唉，眞拿他沒辦法。

大貴客和公爵夜間玩撞球，通常下注五十盧布，這回不過輸了瓶馬貢[3]葡萄酒，便不高興了。脾氣可眞壞！

有一次，他們玩到凌晨兩點，沒人放錢進落袋，我就知道這兩人都沒錢了，可他們仍要裝闊。

「來吧，賭二十五盧布如何？」大貴客說。

「來呀！」

我只是打個呵欠，或者球沒擺好（要知道我可不是石頭人[4]哪），他還想過來甩我耳光呢。

「這次不用籌碼，我們賭現金。」他說。

1俄國直到十九世紀中葉仍保留農奴制，許多貴族兼有地主身分。
2原文爲Пан，沙俄時期對波蘭、立陶宛、烏克蘭、白俄羅斯一帶的貴族、地主之稱。
3馬貢（Mâcon），位於法國著名產酒區勃艮第大區的南端。
4此語近似今日我們常說的機器人。

我最受不了這傢伙。
嗯，好啦，大貴客一走，公爵便問這位新來的地主：「您是否願意和我玩一局呢？」
「樂意至極。」他說。
什麼嘛！他端坐的神態，看上去就像個傻瓜。他也許有幾分膽量，嘿，可當他起身，靠近撞球檯時，就不是這副模樣了，他開始膽怯了。說膽怯也不盡然，可他明顯心緒不寧。不知是因爲穿著新衣行動不便，又或者是衆人目光令他怯場，不復先前鎮定。
他側身走過去，衣服口袋給球檯的落袋勾住了；他要給球桿上粉[5]，又失手弄掉粉；每當擊出一球，他總要環顧四周，臉色通紅。公爵則不然，儘管身材矮小，可他已經是老手了——先給球桿上粉，接著雙手抹粉，捲起袖子，一個接一個——砰砰砰——將球擊入落袋。
他們大約玩了兩局或三局，我記不清了。公爵放下球桿，問道：「請教貴姓大名？」
對方回道：「涅赫留朵夫。」
「令尊是否擔任過軍團指揮官？」
「是的。」
這時他們開始用法語急速交談，我就聽不懂了。應該是在談論雙方親戚吧。
「**再會**[6]。」公爵說：「認識你眞是萬分高興。」
公爵洗完手便去吃東西了。那個年輕人仍握著球桿，站在球檯邊隨意推球。

做我們這行都知道，對新人的態度，是越無禮越好。我便拿起球，開始收拾檯面。

他脹紅了臉，問道：「我還能繼續玩嗎？」

「當然囉。」我說：「撞球檯擺在這裡，就是讓人玩的。」我偏不看他一眼，逕自擺好球桿。

「你願意和我一起打嗎？」

「當然好囉，先生。」我說。

我把球擺好。

「您想看鑽桌子嗎？」

「鑽桌子？」他問：「這是什麼意思？」

「就是說，您給我半個盧布，我就從球檯下鑽過去。」

顯然他沒見過世面，覺得很奇怪，便笑了起來。

「來吧！」他說。

「好。」我說：「請您讓我幾分好嗎？」

5 這種粉稱爲巧克，或稱巧粉、巧克粉、白堊粉，由英文單字 chalk 音譯而來。外觀是一塊以粉末狀物質組成的立方體，抹在球桿尖端的皮頭，可增加與母球的摩擦力，降低滑桿現象。

6 原文爲 ревуар，源於法語 au revoir。

他問：「難道你撞球打得比我還差？」

「當然。」我說：「我們這裡鮮少有人贏得過您。」

我們開始打撞球。

他眞以爲自己是個高手，其實打得爛透了。波蘭老爺則坐在那裡，不斷喊：「哎呀，好球！哎呀，這一下打得好啊！」

才不是這樣呢！……他只會擊球，對計分卻是一竅不通。不過，照慣例，我輸了第一局，便從撞球檯下鑽過，爬得氣喘吁吁。這時，奧利佛與波蘭老爺都跳起來，猛敲球桿，叫道：「好極了！再來一次、再來一次！」

什麼「再來一次」！尤其是這位波蘭老爺，爲了半個盧布，別說撞球檯，叫他從藍橋[7]底下鑽過去，他都樂意。可這傢伙卻在那兒喊：「爬得好！可是灰塵沒有完全擦乾淨哪！」

我，乃是大名鼎鼎的計分員彼得魯什卡，無人不知、無人不曉。過去名爲秋林，如今是計分員彼得魯什卡。

自然，打撞球時，我並沒有亮出眞本事，又輸了一局。

「先生，我實在贏不過您啊。」我說。

他笑了。接下來，我連續贏了三局——他原先有四十九分，我一分都沒有——我把球桿放在檯面上，說：「地主老爺，您要不要全押啊？」

「什麼是全押？」他問。

「贏了就有三盧布，輸了什麼都沒有。」我說。

「什麼！」他說：「難道我會跟你賭錢嗎？傻瓜！」他臉色脹紅。

好啦，他又輸了一局。

「夠了。」他說。

他掏出從英國商店買的嶄新皮夾，打開來。我看得出他有意顯擺，皮夾塞得鼓鼓的，全是一百盧布鈔票。

「不，這裡沒有零錢。」他說，又從另一個小錢包裡掏出三盧布。

「給你。」他說：「兩盧布用來支付這幾局遊戲，剩下的拿去買酒喝吧。」

我十分恭敬地向他道謝。在我看來，這位地主老爺可真是個好人！為了這種人爬爬地板有什麼不可以。只可惜他不肯賭錢，不然，我想我肯定有機會贏他個二十盧布，甚至四十盧布。

波蘭老爺一見這位年輕地主如此有錢，便說：「您願意同我玩一局嗎？您打得可真好。」這狐

7 藍橋（Си́ний мост）是聖彼得堡最寬的橋樑，建於一八一八年，位於市中心的聖以撒廣場、馬林斯基宮前面，橫跨莫伊卡河（Moyka River）。

狸說著便走過來。

「不了。不好意思，我沒空。」年輕地主說完就離開了。

說起這位波蘭老爺，鬼才知道他是什麼人。不知是誰先稱呼他「波蘭老爺」，從此這名號便跟著他。波蘭老爺成天坐在撞球房內觀看賽局，被人打過、罵過，沒人願意找他下場一塊玩。他總是獨自坐著，抽著自己帶來的菸斗。然而他撞球打得可好了……是個狡猾的騙子！

好啦。涅赫留朵夫二度、三度光臨，此後便成爲常客，早晚都來報到。三球開侖[8]、雙球對戰[9]、三角堆撞球[10]——他統統學會了。涅赫留朵夫與所有人都混熟了，球技愈發純熟，膽子也大了起來。當然囉，年輕人、出身好、又有錢，人人都尊敬他。

只有一次，他跟大貴客起了點口角，還是爲了件微不足道的小事。

那次，公爵、大貴客、涅赫留朵夫、奧利佛等人在打雙球對戰。涅赫留朵夫站在火爐邊，與旁人說話；而大貴客正準備擊球——當時他已經喝得醉醺醺了。恰好他的球落在火爐正對面，那處角落十分狹窄，他卻喜歡大擺架式擊球。

也不知他是沒看見涅赫留朵夫，還是故意挑釁，當他擺開架式用力擊球時，球桿竟重重撞在涅赫留朵夫的胸口上。這可憐的青年痛呼一聲，然後呢？大貴客甚至沒有道歉——他就是這麼粗野無禮！不僅自顧自走開去，看都不看涅赫留朵夫一眼，嘴裡還喃喃嘟囔：「幹嘛全部擠在這裡？害我球都打不中，難道沒有別的地方可站嗎？」

涅赫留朵夫整張臉都白了，仍裝作若無其事，走到他身邊，彬彬有禮地開口：「先生，您方才應該向我道歉。您撞到我了。」

「我現在可顧不得道歉。」大貴客說：「我本來可以贏的，如今卻變成他擊中我的球。」

涅赫留朵夫又重複一次：「您應該向我道歉。」

「滾開！別煩我！」大貴客說，雙眼直盯著自己的球。

涅赫留朵夫更靠近了些，抓住他的手說：「閣下，您眞是太沒教養了！」

別看他年紀輕輕，身材纖細，又像女孩子一樣容易臉紅，此刻倒是氣勢洶洶，雙眼冒火，彷彿要把人生吞入腹。然而，大貴客身材高大結實——涅赫留朵夫怎能同他相比？

「——什麼？你說我沒教養？」大貴客邊吼，邊朝涅赫留朵夫揮拳。

在場的人趕緊上前，抓住兩人手臂，將他們分開。

8 開侖（Carom）是一種球桌沒有袋口的撞球運動，最早流行於法國，隨後傳播至歐美各國。早期的競賽項目分爲四球競賽與三球競賽，三球競賽使用一顆母球與兩顆子球。選手擊球後，只要令母球先後撞及兩顆子球即可得分。

9 老式俄羅斯撞球玩法之一。原文爲 азарер，源於法語 a la guerre，戰爭之意。此玩法限用兩顆不同顏色的球，可多人參與。

10 今日通稱爲俄羅斯撞球。使用紅色母球及十五顆白色號碼球，開局前將十五顆號碼球排列於三角框內。由於球較大，袋口較小，是所有撞球運動中，進球難度最高的。

經過一番爭執，涅赫留朵夫說：「告訴他，是他先侮辱我，必須提出讓我滿意的解決方式。」換句話說，他想要來一場決鬥。當然了，貴族紳士嘛，他們就是有這個習慣……沒辦法！嗯，一句話，貴族紳士嘛！

「我才不管他滿不滿意！」大貴客說：「不過是個乳臭未乾的小子，我現在就把他耳朵揪下來！」

「您若不願意決鬥，就不配作爲上流紳士。」涅赫留朵夫說，差點沒哭出來。

大貴客說：「而你，就是個乳臭未乾的小子。我不會受你的話影響。」

於是照慣例，大家把他們兩人分開，帶到不同房間裡。

涅赫留朵夫與公爵交好，對公爵說：「去吧！看在上帝的份上，你去說服他，讓他同意跟我決鬥。先前他喝醉了，現在或許清醒了。這事不能就這樣了結。」

公爵去了。大貴客說：「我有過決鬥，也上過戰場。但我不會跟一個小孩子決鬥。我不願意，到此爲止了。」

就這樣，雙方反覆商量許久，終於消停了。只是大貴客從此不再上門。

這個人啊，就是愛面子，簡直像隻驕傲好鬥的小公雞……我說的就是涅赫留朵夫……可在其他方面，他又單純無比。記得有一次……

「你在這裡有人嗎？」公爵問涅赫留朵夫。

「一個也沒有。」他說。
公爵說：「怎麼，一個也沒有？」
「不行嗎？」他說。
「那怎麼行？」
他說：「我一直以來都是單身過活，爲什麼不行？」
「什麼?你都是單身過活?不可能!」
公爵哈哈大笑，留著鬍子的地主同樣哈哈大笑，所有人都在取笑他。
「所以你從來沒做過那檔事？」
「從來沒有。」
大家都笑得要死。當然，我立刻了解他們取笑的點。我就在旁觀望，看這群人會對他做什麼。
「我們現在就去。」公爵說。
「不要，說什麼都不去！」涅赫留朵夫說。
「欸，夠了！這太可笑了。」公爵說：「喝點酒壯膽，然後就去吧。」
我給他們拿來一瓶香檳。衆人喝完，便把那個年輕人帶走了。
他們在凌晨一點左右回來，全部坐下來吃晚餐。人挺多的，都是些好相與的貴族紳士：阿塔諾夫、拉金公爵、舒斯塔赫伯爵、米爾卓夫。衆人向涅赫留朵夫道喜，並取笑他。我也被叫來了。顯然，他們十分開心。

「快來給地主老爺道喜。」他們說。

「道什麼喜？」我問。

他當時怎麼說的呢？是「啓明」或「啓蒙」？我記不清楚了。

「謹此恭賀老爺。」我說。

他滿臉通紅坐在那裡，只一味傻笑。難怪衆人會取笑他。

好啦，他們又進了撞球房，個個興高采烈，唯獨涅赫留朵夫和平時不同，雙眼黯淡無神，嘴唇不停囁嚅，連連打嗝，話都說不清楚。當然囉，這傢伙沒見過什麼世面，這回給他的衝擊可不小。

他走到撞球檯邊，手肘靠在檯面，說：「你們覺得很好笑，我卻感到傷心。爲什麼我要做這種事呢？而你——公爵，我到死都不會原諒你，也不會原諒我自己。」

說完，他放聲大哭。顯然他醉了，自己都不知道在說些什麼。

公爵面帶微笑，走到他跟前。

「好了，小事情而已。我們回家吧，安納托里。」

「我哪裡都不去。」他說：「我爲什麼要做這種事？」他依然哭個不停，不肯離開撞球房，真是夠了。這就是沒見過世面的年輕人。

此後，涅赫留朵夫便時常上門光顧。有一次，他和公爵及一位蓄著鬍子、總是跟在公爵身邊的先生同來。這位先生究竟是文官或退伍軍官，只有天知道，貴族紳士們都稱他爲「費多特」。費多特顴骨突出、其貌不揚，然而衣著講究，出行皆乘馬車。只有天知道，貴族紳士們何以如此喜愛他。「小費多特！小費多特！」——瞧，他們請他吃飯、喝酒，還幫他買單。這傢伙根本就是個騙子！輸球，他不賠錢；贏了，可不怕向人討錢！許多人都罵他，我還親眼目睹大貴客動手打他，揚言同他決鬥……可費多特依然挽著公爵的手進進出出。

「你不能沒有我。」他說：「我是幸運的費多特[11]。」真是個小丑！嗯，好啦，他們走進撞球房，說：「我們三個來打雙球對戰吧！」

「來呀。」

他們先押三盧布爲賭注。

涅赫留朵夫跟公爵在閒聊。

11原文爲 Федот, да не тот. 爲俏皮的文字遊戲，表示名雖相同、實則不一。古時俄國人篤信東正教，嬰兒出生後須至教堂接受洗禮，並按東正教聖曆上所列的聖徒之名爲嬰兒命名。聖曆上共列出九位「費多特」，然而大多數「費多特」的命名日均落在東正教的齋日或齋期内，而東正教對於齋期内的飲食規定相當嚴格，肉類、海鮮、乳製品、酒精飲料可能都在禁食規範中。不過，還有幾位幸運的「費多特」，命名日落在謝肉節期間（詳參本篇註18），可以大肆吃喝慶祝，也成了這句俏皮話的由來。

「你瞧，她的小腳多美。」

「不，小腳算什麼。她的髮辮才好看呢。」

當然了，他們倆只顧著聊天，並未注意球局。小費多特倒是牢記本分，知道要贏球，另外兩位都沒打中，可他們也只能怪自己。費多特從伙伴身上贏了六盧布。他跟公爵之間如何算帳，只有天知道，他們彼此之間從不付錢；涅赫留朵夫則是掏出兩張綠色鈔票，遞給他。

「不，我不拿你的錢。」費多特說：「我們玩個簡單的：quitte ou double[12]。就是說，加倍或歸零。」

我擺好球。費多特率先開球，比賽開始了。涅赫留朵夫有意顯擺，明明再一球就可以獲勝，卻不肯把握，嘴裡還說：「不，我不想這麼做，這太容易了。」費多特則牢記本分，懂得抓住機會反攻。自然，他又贏了一局，彷彿全憑運氣。

「再來一局。照舊全押。」

「來呀。」

費多特又贏了。

「開頭都是些小錢，算不得什麼。」他說：「我不願意贏你太多錢。再押一局如何？」

「來呀。」

無論如何，輸掉五十盧布終究有些可惜。涅赫留朵夫便開口要求：「再押一局。」就這樣一局接一局，越輸越多，總共輸了兩百八十盧布。費多特熟諳此道：玩常規他輸，玩加倍就贏。公爵坐在旁邊，看見雙方都較眞起來，他說：「夠了！夠了！[13]」有什麼用！他們仍不停加注。

最後，涅赫留朵夫輸了五百盧布。費多特放下球桿，說：「玩夠了嗎？我累了。」其實他準備玩到天亮，只要還有錢能贏……這當然是一種手法。

涅赫留朵夫愈發熱切：「來呀！再來一局！」

「不了，我眞的累了。」他說：「我們上樓去。你可以從那裡翻本。」

樓上是貴族紳士們賭牌的地方。先是打樸烈費蘭斯[14]，接著又賭起法羅牌[15]。

從那一天起，涅赫留朵夫便落入小費多特的陷阱，開始天天上門。先是打幾局撞球，然後就上樓。至於在樓上玩些什麼，只有天知道。

12 此句源自法文，俄文爲 китудубль。
13 原文爲 Ace，源於法文 assez。
14 原文爲 преферанс，十九世紀初源於奥地利維也納，一種由三到四個玩家參與的牌戲。後傳入俄國，蔚爲流行。
15 法羅牌（Faro, Pharaoh, Pharao, Faro bank, Stoss）是一種古老的紙牌遊戲，源於十七世紀的法國，廣泛流傳於歐美國家，直到二十世紀初逐漸式微。

涅赫留朵夫完全變了個人，總是和小費多特同進同出。過去，他一頭鬈髮燙得齊整，打扮得時尚新潮、乾淨俐落；如今只有上午還像個人樣，一旦上了樓，就變得蓬頭亂髮，禮服沾滿毛絮與巧粉，雙手也髒兮兮的。

有一次，他就是這副模樣與公爵一同下樓，面色蒼白、雙唇顫抖，好像在爭論什麼。

「我不允許他這樣說我（他是怎麼說的？）……說我不夠大方，還說他再也不跟我賭牌。我都付給他一萬盧布了，當著旁人的面，他說話應該更謹慎些。」

「嗯，好了。」公爵說：「何必跟小費多特這種人生氣呢？」

「不。」他說：「這件事我無法原諒。」

「夠了！」公爵說：「你怎能降低身分去和小費多特之流計較呢？」

「可當時有旁人在場。」

「旁人在場又如何？」公爵說：「還是你要我現在叫他過來向你道歉？」

「不用。」他說。他們又用法語低聲交談一會，我就聽不懂了。後來呢？當天晚上他們同小費多特共進晚餐，又和好了。

好啦，又有一次，他單獨前來。

「嗯，我撞球打得好嗎？」他問。

眾所皆知，我們的工作就是得討好所有客人。於是我說：「很好。」其實一點也不好！不懂球技笨拙，還毫無策略。自從和小費多特混在一起，他玩撞球便開始賭錢。從前他可不喜這套，無論吃飯或香檳都不賭。

曾有一次，公爵說：「我們來賭一瓶香檳吧。」

「不。」他當時這麼說：「我還是叫他們送來吧……喂，來一瓶香檳！」

而今，他什麼都能賭了！成天泡在我們這兒，不是玩撞球，就是上樓打牌。我心想：憑什麼好處都讓別人得了，我就沒有呢？

我說：「先生，玩一局如何？您好久沒跟我打了。」

於是我們開始打了。

當我贏了他五個盧布，便開口問道：「先生，您要不要下注？」

他不吭聲，不像之前那樣罵我傻瓜了。於是我們一局接一局連連下注，最後我贏了八十盧布。然後呢？他開始天天找我玩撞球。不過，總是要等到周圍沒人的時候，當然囉，他不好意思讓別人看見自己和計分員打撞球。

有一次，他輸了六十盧布，便發火了，問道：「你要不要全下注？」

「來吧。」我說。

我贏了。

「一百二十對一百二十如何？」

「來！」我說。

我又贏了。

「兩百四十對兩百四十如何？」

「這樣是不是太多了？」我問。

他不作聲。我們開始打，我又贏了這一局。

「四百八十對四百八十如何？」

我說：「先生，我怎能冒犯您呢？賭個一百盧布左右便行了，或者乾脆就算了。」

他聽了竟大聲怒吼！要知道，他以前是多麼安靜的人啊。

「不玩我就揍你一頓！打或不打，你自己選！」

唔，看這情形，我也沒輒了。

「那就下三百八十盧布吧。」我說。

自然，我打算輸給他。

我讓了他四十分。他拿五十二分，我三十六分。他出偏桿[16]削黃球，一下子獲得十八分，我的球則位在中點[17]上。

我用力一擊，想讓球跳起，但沒有成功，反而撞上另一顆球，碰撞桌邊反彈入袋。我又贏了。

「聽著，彼得（他不喚我彼得魯什卡了）。」他說：「我現在無法全數給你，但是兩個月後，就是三千盧布我都有辦法支付。」

他滿面通紅，連聲音都在發抖。

「好的，先生。」我說。

於是我把球桿放回去。他不停來回踱步，渾身冒汗。

「彼得，我們再來一局，全押。」他說，一副快要哭出來的樣子。

「什麼?先生，還要再打？」我說。

「嗯，來吧！」

他親自把球桿遞給我。我拿起球桿，同時將球往檯面用力一丟，使其紛紛彈落地上。自然，我必須做做樣子，說：「先生，來吧！」

他如此性急，還自己動手撿球。我心想：「我不可能拿到七百盧布，輸球也無所謂。」便故意亂打。結果呢？

他質問：「你爲何故意打得這麼爛？」可他雙手都在發抖。

16 或稱偏槍，通過擊打母球球心偏側位置，改變母球碰上桌邊後的反彈角度。

17 撞球檯面的中心點。

每當球滾近袋口，他便撇著嘴，張開五指，頭與手不停往袋口伸去。我就開口道：「這樣不會有幫助的，先生。」

好啦，等他贏了這一局，我說：「您欠我一百八十盧布與一百五十場球局。我現在要去用晚餐了。」然後放下球桿走了。

我挑了一張面對門口的小桌坐下，想親眼看看他會怎麼做。結果呢？他不停來回踱步，大概是以為沒人會注意他——便猛力拉扯頭髮，扯完繼續踱步，嘴巴念念有詞，隨後又開始扯頭髮。

接下來七八天，他都沒有出現。有一次，他來到餐廳，神情陰鬱，卻沒踏進撞球房。公爵看到他，說：「我們來打撞球吧！」

「不。」他說：「我再也不打了。」

「得啦！一起來。」

「不，我不去。」他說：「去了於你沒好處，我自己也沒好下場。」

此後十天他都沒出現，直到某個節慶假期，他穿著燕尾服來了，顯然剛才上別人家裡作客。他在這裡玩了一整天，隔天再度上門，第三天也是……又恢復老樣子。

我還想再跟他打幾局撞球，可不然，他說：「我不跟你打了。至於我欠你的一百八十盧布，你過一個月再來找我，就能拿到錢了。」

好啦，一個月後我去找他。

「說真的，沒錢。」他說：「星期四再來吧。」

星期四我再度上門。他租了一套很不錯的小公寓。

我問：「如何？主人在家嗎？」

「他在休息。」僕人說。

好啦，我就等一等吧。

他的貼身男僕是自家農奴——一個頭髮花白、性格純樸、毫無心計的小老頭。我們這就聊起來了。「我們跟老爺在這裡過的是什麼日子啊！」他道：「我們徹底陷入困境了，無法在彼得堡獲得任何聲名與好處。剛從鄉下來的時候，我們還以爲，能夠像已故老爺那樣——願他在天國安息——去拜訪公爵、伯爵、將軍之類的；以爲能從一票伯爵小姐中挑個美女當老婆，附帶許多嫁妝，得以過上貴族生活。可實際上，我們只是成天跑酒館——眞是太糟糕了！要知道，爾琪雪娃公爵夫人是我家老爺的親姑媽，瓦洛提雪夫公爵則是他的教父哪！可是呢？他只有聖誕節的時候拜訪過人家一次，就不肯再上門了。那些下人都嘲笑我，說：看你們家老爺那樣子，毫無他父親的風範。有一次我對他說：『老爺啊，您怎麼不去拜訪姑媽呢？他們好久沒見到您了，肯定惦記著您。』他回道：『那裡太無聊了！杰米揚尼奇。』

「拿他沒辦法啊！他只會在酒館尋歡作樂。就是隨便找份工作也好，可他不要，光顧著賭牌什麼的，沾上這些東西，永遠不會有好下場的……。唉呀呀！我們完了，一切都白費了！已故老夫人

——願她在天國安息——留給我們一大筆遺產：一千多個農奴、價值三十萬盧布的林地，如今全拿去抵押了。林子賣了、農奴破產了、什麼都沒了。主人不在，衆所皆知，管事比地主本人更神氣，都能從農奴身上剝下最後一層皮。眞是夠了！管事在乎什麼？只顧塡飽自己的口袋，別人餓死也不管。前不久來了兩位農奴，帶著領地上所有農奴的控訴信，說：『他把所有農奴都搞到破產了！』結果呢？老爺讀完這些控訴信，給他們每人十盧布，說：『我快回去了，等收到錢，還清欠款，我就回去。』

「可我們老是欠債，哪裡還得完！要知道，林林總總加起來，在這裡度過一個冬天，我們就花了八萬盧布，如今家裡連個銀幣也沒有。這都是因爲老爺心地善良，他性格就是如此單純，教人無話可說。他就栽在這一點，白白毀了自己啊。」

小老頭說著，差點落下淚來。這傢伙眞是太可笑了。

接近十一點的時候，涅赫留朵夫醒了，把我叫進去。

「錢還沒送來，這可不是我的錯。」他說：「把門關上。」

我關上門。

「這樣好了，你把我的手錶或是鑽石胸針拿去典當。」他說：「這些東西應該能當個一百八十盧布以上，等我收到錢，再去贖回來。」

「好吧，先生。」我說：「既然您沒錢，那也沒辦法。請把錶交給我，我可以爲您代勞。」

據我看，這支錶大約值三百盧布。

好啦，我將錶當了一百盧布，把當票交給他。

「您只欠我八十盧布了。」我說：「錶就要請您親自贖回了。」

至今他仍欠我八十盧布呢。

從此，涅赫留朵夫又天天上門。我也不曉得他和公爵之間的帳是怎麼算的，他倆總是同進同出，或者同小費多特一齊上樓打牌。他們三人間有一本複雜的帳簿：這個付給那個，那個又付給另一個；究竟誰欠誰，旁人看不清。

他這般日日登門的光景，約莫持續了兩年。涅赫留朵夫完全變了個樣子，變得油滑而大膽。有時，他甚至向我借個一盧布付給車夫，可是同公爵依然押一百盧布的賭注。

他變得面黃肌瘦、鬱鬱寡歡。每次來總要先叫一小杯苦艾酒佐開胃菜，再喝點波特酒，才會有點精神。

有一次，適逢謝肉節[18]，他在午餐時分前來，跟一名驃騎兵打撞球。

18謝肉節（Масленица）爲期一週，又稱送冬節、烤薄餅週，起源自約西元二世紀的東斯拉夫民族。東正教傳入後，教會將節日日期改到大齋戒之前。由於在大齋戒期不得吃肉，這一週又成爲人們向肉品告別的日子，故稱謝肉節。

驃騎兵說：「您有興趣加個賭注嗎？」

「好啊。」他說：「賭什麼？」

「賭一瓶梧玖莊園[19]的紅酒如何？」

「來吧。」

好啦。驃騎兵贏了，兩人一起去用餐。

他們坐下來，涅赫留朵夫便說：「西蒙，來一瓶梧玖莊園的紅酒！要仔細加熱。」

西蒙去了，很快便端來菜餚，卻沒有酒。

「怎麼回事？」涅赫留朵夫問：「酒呢？」

西蒙跑走了，又端來烤肉。

「拿酒來呀！」他說。

西蒙不吭聲。

「你發什麼神經？我們午餐都快吃完了，酒卻還沒來？誰會喝酒配甜點啊？」

西蒙跑走了，然後回來說道：「老闆有請。」

涅赫留朵夫滿面通紅，從桌邊跳起來，問道：「他要做什麼？」

老闆就站在門邊。

「我無法再相信您了。」老闆說：「除非您付清賒欠的帳單。」

「我跟您說過，會在月初時還錢。」涅赫留朵夫說。

「隨便您怎麼說。」老闆道：「我總不能一直讓您賒帳不還吧。我這裡已經累積了數萬盧布的帳單。」

「嗯，好了，**親愛的朋友**[20]。」他說：「您可以信任我。請送一瓶酒來，我會盡快還錢。」

他匆匆奔回餐廳。

驃騎兵問：「這是怎麼啦？他們爲何請你過去？」

「沒什麼。」涅赫留朵夫說：「他有件事想拜託我。」

驃騎兵說：「現在若能喝上一小杯熱酒該有多好啊！」

「西蒙，這是怎麼回事啊？」

西蒙又跑走了。依然沒有酒，什麼也沒有。眞糟糕。

涅赫留朵夫離開餐桌，跑到我面前。

「看在老天的份上，彼得魯什卡。」他說：「請借我六個盧布。」

19 原文爲 Клодвужо，源於法文 Clos de Vougeot，中文譯爲「梧玖莊園」，乃法國一處葡萄酒產地，位於勃艮第的夜丘產區（Côtes de Nuits）。該酒莊發源於十二世紀，爲歷史名園。

20 原文爲 моншер，源於法文 mon cher，用來稱呼關係親密的男性友伴。

他面無血色。
「我沒錢，先生，眞的。」我說：「您還欠我不少錢呢。」
「你先借我六個盧布。」他說：「一個禮拜後我還你四十盧布。」
「假如我手頭有錢，我絕不敢拒絕您。」我說：「可我眞的沒錢。」
後來怎樣呢？只見他跳起來，咬牙切齒，握緊雙拳，像瘋子一樣在走廊上奔跑，不時敲打自己的額頭。
「喔，天啊，這是怎麼一回事？」他說。
他甚至沒有回去餐廳，直接跳上馬車，跑了。
衆人哈哈大笑。
驃騎兵問道：「和我一起用餐的地主上哪去了？」
「他跑了。」旁人回答。
「怎麼會跑了？他有沒有留言交代什麼？」
「什麼留言都沒有。坐上馬車就跑了。」
「好一個騙子！」驃騎兵說。
嗯，我心想，發生了這麼丟臉的事，他應該很長一段時間不會出現了。不料，隔天晚上他又來了。他提一口箱子走進撞球房，然後脫掉大衣。

「我們來玩一局吧。」他說，皺著眉頭，目光滿懷怒氣。

我們玩了一局。

「夠了。」他說：「你去給我拿些紙筆過來，我要寫信。」

我沒有多想，拿了些紙來，放在小房間的桌上。

「先生，都準備好了。」我說。

好啦，他坐在桌前，一邊寫信，一邊喃喃自語，而後眉頭深鎖，猛地站了起來。

「你去看看，我的馬車來了沒有？」他說。

事情就發生在謝肉節的週五，我們這裡一個客人也沒有，所有人都去參加舞會了。

我才走出門外，想去問問馬車來了沒有，就聽見他在尖聲呼喚：「彼得魯什卡、彼得魯什卡！」好似被什麼東西嚇到了。

我回頭，只見他面白如紙，站在那裡盯著我。

「先生，您叫我嗎？」我問。

他沉默不語。

「您需要什麼嗎？」我又問。

他依然不作聲。

「喔，對！」他說：「我們再來玩一局。」

好啦，這回他贏了。

「如何？」他說：「我打得不錯吧？」

「是呀。」我回。

「正是如此。」他說：「現在去吧，看看我的馬車來了沒有。」

他自己則在房間內來回踱步。

我並未多想，走到門廊外一看，沒見到任何馬車，便回到屋裡。

才剛返回屋內，便聽見一個聲響，彷彿有人拿球桿重重敲擊一下。我走進撞球房，聞到一股奇怪的味道。

接著，看到他躺在地板上，渾身是血，一柄手槍就落在身邊。我嚇壞了，一句話都說不出來。他的腳不停抽搐、抽搐，終於慢慢伸直，後又呼嚕呼嚕喘氣，持續了一段時間，最終就這麼死了。

至於他爲何犯下這樣的罪孽，毀了自己的靈魂，只有天知道。他僅留下一張紙，可我完全看不懂。

這些貴族紳士啊，什麼事都做得出來！……所以說，這些貴族紳士……總而言之，貴族紳士哪，就是如此。

上帝賜予我，人們渴求的一切：財富、名聲、智慧與崇高的志向。我卻貪圖享樂，玷汙己身所有美好品德。

我並未敗壞名譽，也非遭逢不幸，更沒有犯下任何罪愆；然我做了比這些更糟的惡行：我戕害了自己的情感、智慧與青春。

我被一副骯髒的網所縛，無法脫困又難以適應。我一直往下墮落、墮落，我察覺到自己的墮落，卻無法停止。

假如我敗壞名譽、遭逢不幸或是犯了罪，我可能還會感到輕鬆一點，得以在絕望中獲得某種淒涼的尊嚴，聊以慰藉：如果我的名聲沒了，我能夠超脫並且藐視這個社會的榮譽觀；如果遭遇不幸，我可以抱怨一番；若是犯了罪，我能透過懺悔或懲罰加以贖罪。可我只是卑鄙下流而已，我知曉這一點——卻無可自拔。

究竟是什麼毀了我？我體內是否蘊藏著某種強烈的情感，讓我能夠原諒自己呢？不是。

七點、Ace、香檳、中點上的黃球、巧粉、灰色的、五彩繽紛的紙鈔、紙菸、賣身的妓女——我的回憶裡只有這些東西！

我永遠不會忘記那令人迷醉又無恥、恐怖的一刻，我幡然醒悟；當我發現自己與先前懷抱的志向隔著巨大無比的鴻溝，我吃驚不已，腦中再次浮現年少時期的憧憬與理想。

那些關乎生命、永恆、上帝的崇高信念，曾如此強烈而鮮明地充塞於我心靈，如今何在？那股溫暖我內心、使我喜樂的博愛之力，如今何在？我的責任感、我對前程的憧憬、對所有美好事物的共鳴、對親人朋友、對勞動與榮譽的愛，如今何在？

別人侮辱我，我提出決鬥，以為此舉全然符合身分要求；我需要金錢來滿足自己的放蕩與虛榮——恬不知恥地毀了上帝託付予我的上千個家庭——可我原先是如此深切明瞭這份神聖的責任；一個無恥之徒說我沒有良心、意圖偷竊——可我依然和他當朋友，就因為他是個無恥之徒，還說不願意讓我吃虧；旁人笑我過著禁慾的生活，我便毫不吝惜地將自己靈魂的菁華——我的童貞——交給一個賣身的妓女。是啊，在我心中，最讓我痛惜的莫過於遭受摧殘的愛情，我本有愛的能力。上帝啊！在我尚未認識女人以前，無人能像我一樣愛得純粹。

假如我能在生命伊始，便遵行那條以自身清明理智與純真情感所開創的道路，我會是多麼高尚、幸福啊！我幾度嘗試脫離人生泥淖，追求光明大道。我告訴自己：運用所有的意志力——可我做不到。每當我一個人獨處，總是感到恐懼不適；有人相伴時，我又不由自主拋棄信念，忽略內在聲音，再次淪落下去。

我終於得出一個可怕結論：我徹底淪陷了，無可自拔。我不願再思考這點，只想遺忘這一切，可強烈的悔恨使我痛苦不安。這時，我首度浮現自殺念頭，旁人覺得恐怖，於我而言卻是種喜悅。

即便面對死亡，我的心態依舊卑鄙下流。直到昨天跟驃騎兵吃飯鬧出醜事，我才下定決心實現這項意圖。在我身上已找不出半分高貴品行——僅有虛榮而已。出於虛榮，我做了一生中唯一一件好事。

我本以為，臨死之際，我的靈魂會變得高尚。我錯了。再過一刻鐘我便不存在了，可我的眼界沒有絲毫改變。我依然用原本的角度去觀看、聆聽、思考；我的思想依舊出奇混亂、善變、輕率，而非人們想像中（天知道為什麼）的具有邏輯與一致性，多矛盾啊！死後的世界是什麼樣子？明天爾琪雪娃姑媽家裡將如何議論我的死訊？這些念頭同樣強烈浮現在我腦海裡。

人類真是不可思議的生物。

一個地主的早晨

1856

Утро помещика

1

涅赫留朵夫公爵年僅十九歲，剛讀完大學三年級，獨自一人返鄉過暑假。秋天，他以稚氣歪扭的筆跡寫了一封法文信給姑媽——貝洛列茨基伯爵夫人——他視為最佳知己，也是全天下最有才華的女子。全信內容如下：

親愛的姑媽：

我作了一個攸關此生命運的重要決定。我打算輟學，將自己一生奉獻給家鄉，因為我感覺到，這是我與生俱來的使命。看在上帝的份上，親愛的姑媽，請別嘲笑我。您會說，我年輕不懂事。或許，我的確還是個孩子，但這並不妨礙我覺察自己的使命，我渴望也熱愛行善。

正如先前給您的信中所提，我發現這裡的情況糟得難以形容。我希望一切回到常軌，並做了一番深入調查，發現主要癥結在於農民的處境實在太過貧困可憐了。若想改變這點，唯有透過無數努力與耐心。假如您見到這兩位農民，達維德和伊凡，見到他們與家人所過的生活，我相信，即便我費盡唇舌向您解釋我的動機，遠不及您親眼目睹他們的慘況更具說服力。

關心這七百位農民的幸福難道不是上帝賦予我的神聖與正義使命嗎？因為貪慕享樂虛榮，而將他們丟給殘暴的村長與管事任意驅使，不也是種罪過嗎？既然在我面前有一項如此高尚、光榮的重要使命，我又何必往他處尋求行善助人的機會呢？我覺得自己能成為一位好地主：想達成這點，我不需學位文憑，也不需任何官銜，儘管這是您對我的期望。

親愛的姑媽，請別為我的前途操心。請您了解，我走的是一條與眾不同的路，我認為，這會是引領我通往幸福的美好道路。我反覆思考今後的使命，給自己制定了幾項行動準則，只要上帝賜予我健康與長壽，我定能在事業上獲得成功。

請不要讓瓦西亞哥哥看到這封信，我怕他會嘲笑我。他總認為自己比我厲害，我也老是屈從於他。凡尼亞即便不贊成，也能理解我的用意。

伯爵夫人同樣以法文回信：

親愛的狄米特里：

你的來信毫無意義，僅僅證明你有一顆善良的心，這點我從不懷疑。然而，親愛的朋友，良善的品德與惡劣的操行相比，前者對我們的生活危害更甚。我不想說你在做傻事，你的行為確實令我擔憂，可我只能努力說服你改變信念。我們一起來探討吧，我的朋友。你說，你覺得在農村生活，給農民帶來幸福是你的天職，你希望成為一個好地主。首先，我必須告訴你，我們唯有在犯錯後才能領悟何謂己身天職；其次，為個人謀幸福比為他人謀幸福要簡單得多；第三，要成為一個好地主，為人必須冷靜淡漠、嚴格自持，儘管你試圖扮演這個角色，卻未必能成。

你將自我論述視為圭臬，甚至作為生活規範實行；然而，我的朋友啊，到了我這個年紀，根本不相信所謂的論述與規範，我只相信經驗。而經驗告訴我，你的計畫——幼稚可笑。我快五十歲了，也認識不少德高望重之人，可從沒聽說過，一個具有名望、才能的年輕人藉口行善而隱居鄉下。你總喜歡表現得與眾不同，可你的與眾不同無非是一種過度自負。唉，我的朋友啊！你最好還是選擇平凡踏實的路，才會更接近成功之道，即便你自認不需要這種成就。然而，為了實踐你熱愛的行善義舉，這種成就依然不可或缺。

有些農民的貧困是一種莫可奈何的不幸，或許能透過人為幫助加以改變，但不能因此忘記你對整個社會、對家族親人甚至於自身應擔負的責任。憑你的智慧、良善與行善的熱情，無論從事任何職業，皆能獲得成就。但至少應該選擇一份值得付出且能為你帶來榮耀的事業。

你說你沒有任何功名野心，我相信你的誠懇。但你這是在欺騙自己。以你的年紀與現有財產而言，追求功名是種美德。然而，一個人若是永不知足，這種美德便會化為缺憾與庸俗欲望。假若你不肯改變心意，便會落得這種下場。

再會，親愛的米佳[1]，得知你那荒謬可笑卻高尚偉大的計畫後，我感覺自己更喜愛你了。就照你的認知去做吧！但我還是要說句實話，我不贊同你的想法。

年輕人收到這封信，思考良久，最終決定，即便是才華出衆的女人也可能犯錯，於是毅然申請退學，從此留在鄉下。

2

年輕的地主，一如他給姑媽信中所述那般，制定了一套管理莊園的準則，並按時間、日期與月份，分配規劃所有生活作息。星期天規定接待求見的訪客、僕人與農民，視察貧困的農戶，在村會[2]同意下給予幫助。每個週日夜晚，村社召開集會，共同決定應該給予哪戶人家何種形式的援助。如此過了一年多，年輕的地主對於莊園事務的處理，無論在實務與理論層面上，都已駕輕就熟，不再是個新手。

1 Митя（Mitya），狄米特里（Дмитрий, Dmitry）的小名與暱稱。
2 村會（мир），指舊時俄羅斯的農村公社（簡稱村社）制度中，以村社內各戶農家爲單位所組織的會議。一般只有每戶的男主人才能參加。所有與村社相關的事務問題，皆經由村會討論並提出解決辦法。Мир 俄文原意爲「世界」，對廣大農奴而言，這個村會組織便是他們的世界。

六月，一個晴朗的星期天，涅赫留朵夫喝過咖啡，草草瀏覽過《農場百科全書》[3]的一章，將筆記本和一疊鈔票塞進薄外套口袋，離開那棟飾有大型廊柱與陽台的莊園宅邸——他僅佔據樓下其中一個小房間，沿著一條久未清理、雜草蔓生的小徑，穿過古典英式風格花園，朝大道兩邊的村落走去。

涅赫留朵夫身材高大挺拔，有一頭濃密的深褐色鬈髮，烏黑雙眸、鮮嫩臉頰與紅潤嘴唇都泛著晶亮光澤，唇上剛冒出一些柔軟鬍髭，舉止儀態與步伐充滿精神、青春活力與一股謙和的自信。

農民穿著五顏六色的衣服，成群結隊自教堂歸來：老人、少女、小孩、哺育嬰兒的婦人，全都身著節慶服裝，朝地主深深鞠躬，然後避開他，各自回到農舍。

踏上街道，涅赫留朵夫停下腳步，從口袋裡掏出筆記本，最後一頁上頭以孩童般的幼稚筆跡寫了幾個農民的名字與註記事項，他讀了一下：「伊凡．楚里先諾科，需要幾根圓木。」接著，他走到街道右方第二戶農舍門口。

楚里先諾科住在一處破敗不堪的小屋裡：屋子歪斜下陷，牆角腐爛發霉，上方有一扇破爛的紅色小天窗，窗板僅剩一半，另外半邊則以棉絮堵住。木造的門廳[4]嵌著骯髒門檻與低矮小門，另一座小茅屋比門廳更加破舊矮小，門口與枝條編成的棚架緊鄰主屋。這些小屋以前覆有高低不平的屋頂，如今屋簷上披掛著一層厚厚的、發黑腐爛的麥稈，有幾處甚至露出了橫樑與屋椽。

院子前面有一口井，井架已然倒塌，僅剩斷樁與轆轤，還有一窪被牲口踐踏的髒汙水坑，幾隻鴨子在裡頭戲水。井邊有兩棵老柳樹，樹幹龜裂，掛著幾根稀稀疏疏的嫩綠枝條。兩棵柳樹的存在說明過去曾有人試圖美化居家環境。

其中一棵樹下坐著一位年約八歲的金髮女孩，身邊另有一個兩歲大的小女娃繞著她東爬西爬。一條小狗在她們周圍搖來晃去，一看見地主，便飛快衝到門口，在那兒驚慌地狺狺狂吠。

「伊凡在家嗎？」涅赫留朵夫問。

年紀較大的女孩聽到問話似乎愣住了，眼睛越睜越大，卻不發一語，年幼的女娃則是張大了嘴要哭。這時，一個矮小的老婦人從門後探出頭，她穿著破舊的方格裙，腰間垂下一條老舊的淺紅色腰帶，同樣一聲不吭。

涅赫留朵夫走近門廳，再問一遍。

「在家，老爺。」老婦人抖著聲音回答，低身鞠躬，愈發驚慌不安。

涅赫留朵夫向她打了聲招呼，穿過門廳走進狹小的院子。老婦人雙手扠腰，走到門邊，目不轉睛地盯著地主，輕輕搖了搖頭。

3《農場百科全書》（*Maison rustique*），一八三七年巴黎出版的農業百科全書。
4俄國農村房舍和古代城市房屋中，介於入門處和正屋之間的小空間，近似東方傳統建築的玄關概念。

院內景象簡陋荒蕪：裡面有一坨發黑的陳年堆肥，上頭胡亂堆放著一塊朽爛木頭、乾草叉與兩根釘齒耙。院子周圍的遮棚幾乎都沒了頂：其中一邊擱著木犁、一輛缺了輪子的拉車與一堆空蕩蕩的廢棄蜂箱；另一邊的棚架已經塌了，前端橫樑與支架分家，因而擱置在堆肥上。

伊凡．楚里先諾科正交互用斧刃與斧背劈開棚頂壓住的籬笆。他年約五十、身材矮小，一張圓臉曬得黝黑，深褐色的頭髮與鬍鬚略顯花白。他的樣貌俊朗、表情豐富，半垂的深藍雙眸透著智慧、和善與悠然之光；他的雙唇端正適中，上緣蓄了一撇稀疏的褐色小鬍子，當他微笑之際，便顯出一股從容自信與對周遭事物略帶嘲諷的漠然神色。從他粗糙的皮膚、深刻的皺紋、青筋浮凸的脖頸、臉龐、雙掌和佝僂彎曲的脊背與小腿，可看出他一生都在從事難以負荷的粗重勞務。他穿著一條白色亞麻長褲，膝上有藍色補丁；身上髒兮兮的襯衣是同樣料子，背部與袖口縫線都裂開了；襯衣下襬垂著一條腰帶，上頭掛有一把銅鑰匙。

地主踏進院內，便開口說：「願上帝保佑！」

楚里先諾科回頭看了一眼，又繼續做自己的事。他使勁從棚架下拖出籬笆，這才停止工作，把斧頭嵌進木頭裡，整整腰帶，走到院子中央。

「祝您週日愉快，公爵老爺。」他說，低身鞠躬，甩動頭髮。

「多謝了，鄉親。我來拜訪你家，看看情況如何。」涅赫留朵夫帶著和善靦腆的稚氣神情表示道，同時打量農民的衣著。「告訴我，你在村會上向我要幾根圓木，準備做什麼用？」

「圓木嗎？當然是用來做支架囉，公爵老爺，希望多少能夠支撐一下。您也看到了，就在前幾天，棚頂塌了一角——還得感謝上帝，當時牲畜都不在裡頭。」楚里先諾科輕蔑地看著缺了屋頂、歪斜倒塌的棚架，說：「如今這些東西都是勉強掛著而已，椽木、斜撐、橫樑都爛了——您瞧，這些木頭全不堪用了。現在要我上哪去找木材？只有您才曉得。」

「你的棚架已經塌了一座，另外幾座也快倒了，五根支架能做什麼？你需要的不是支架，而是椽木、橫樑與柱子——全得換新木材。」地主說，顯然在炫耀自己的相關知識。

楚里先諾科不吭聲了。

「如此看來，你需要的是木材，而非支架。你應該直說才對。」

「需要是需要，可我不知道上哪找這些木材，總不能什麼東西都到老爺家去討！要是我們養成習慣，什麼東西都上老爺家求您施捨，我們還算什麼農民？不過，若是老爺能格外開恩，將穀倉裡用不著的椽木梢頭，施捨幾根給我們就好了。」他一邊說，一邊鞠躬行禮，不停磨蹭雙腳。「那我就能鋸掉幾根舊木頭，換上新的，湊合著修補棚架。」

「你如何修補老舊棚架？你自己也說了，所有木頭都老朽腐爛了，今天塌這角，明天塌那角，後天又再塌一角。既然要動工修繕，那就全部換新的，才不會白費工。你告訴我，你認為，你家院子撐得過這個冬天嗎？」

「誰知道呢？」

「不。你怎麼想？會不會塌？」

楚里先諾科想了一會，忽然開口：「應該會全部塌下來。」

「喏，你看，你在會上就應該直說，整個院子都需要重建，不是只換幾根支架而已。要知道我很樂意協助你……」

「多謝老爺開恩。」楚里先諾科回答，可雙眼並未看向地主老爺，一副不信任的樣子。「若是可以，求老爺給我四根圓木與幾根支架，我可以自己修理。只要替換一些不堪用的木材，多少能支撐一下屋子。」

「難道你家住屋也不行了？」

「我們夫妻遲早會被壓死的。」楚里先諾科淡淡地說：「前幾天，一根橫樑從天花板掉下來，砸傷我老伴。」

「傷勢如何？」

「回公爵老爺，那橫樑正好砸在她後背，她整個人昏死過去，躺到晚上才醒來。」

「那麼，現在好了嗎？」

「好是好了，就是容易生病。她原本身體就不好。」

「怎麼，你生病了嗎？」涅赫留朵夫問老婦人。先前她一直站在門口，一聽丈夫提起她，立刻哀哀呻吟。

她指著自己骯髒乾癟的胸口，說：「我這裡一直不舒服，唉，我完了！」

「又是這樣！」年輕的地主聳動肩膀，惱怒道：「既然你生病了，為何不去醫院呢？設立醫院就是為了治療疾病，難道你們不知道嗎？」

「知道，老爺，可我們沒空啊。又要服勞役[5]、又要做家事、還得顧孩子——全靠我一個人而已！什麼事情都要我一個人包辦……」

3

涅赫留朵夫走進小屋。黑角[6]處的牆面凹凸不平，被煙熏得烏漆墨黑，掛滿各種破爛衣物；紅角[7]處放置的聖像與板凳周圍，則密密麻麻爬滿了紅色蟑螂。在這間六俄尺[8]平方大小、烏漆墨黑

5 指由農奴無償為地主自營地耕種的勞動。俄國農奴制與地主莊園經濟關係密切，地主為了維持經濟收入，需要農奴為其耕地。按法律規定，地主不得強迫農奴週日服役，且一週服役日數不得超過三天，然絕大多數地主並未按照法律行事，因此農奴負擔的勞役量往往更多。

6 俄國農舍裡，睡覺和堆放雜物的地方稱為「黑角」。

7 「紅角」，又稱上座，通常面向東南，是屋子裡最明亮的地方，為擺放神像或招待貴客之所在。

8 一俄尺約為〇．七一公尺。

又臭氣熏天的小屋中央，只見天花板有一道巨大裂縫，儘管加了兩根樑柱支撐，可是天花板依舊歪斜，看上去隨時有倒塌之虞。

「確實，小屋的情況很糟。」涅赫留朵夫一邊說，一邊觀察楚里先諾科的臉色。他似乎不想談這件事。

「這屋子會壓死我們，也會壓死孩子的。」老婦人倚靠在爐炕邊的床台[9]，嚶嚶泣訴。

「你閉嘴！」楚里先諾科嚴厲地說，接著轉向地主老爺，微微牽動嘴角露出一絲淺笑，上方的小鬍子也隨之顫動。「我實在想不出該怎麼辦才好，公爵老爺，我是說這間小屋，柱子、木板都裝了——可都不管用！」

「我們如何在這兒過冬啊？唉……唉……」老婦人又說。

「這樣吧，如果再加幾根柱子，鋪上新木板，更換一些橫樑，還能勉強度過這個冬天。」楚里先諾科神色平靜，適時打斷妻子：「屋子還能住人，只是到處都有柱子，就是這樣。還有，不能碰，一碰木板就裂了，不碰還能撐一陣子。」他總結道，顯然很滿意自己的規劃考量。

對於楚里先諾科淪落到這種地步，卻沒有開口向他求助，涅赫留朵夫又是痛心又是氣惱。自他回鄉以來，從未拒絕過農民的要求，還設法鼓勵農民有事直接找他即可。他甚至有些怨恨楚里先諾科，氣得沉下臉來，肩膀頻頻抖動。但是，看見周遭貧困的生活環境，與身處其中依然平靜自得的楚里先諾科，他的憤怒又轉爲絕望與哀愁。

「唉，伊凡，你之前怎麼都沒告訴我呢？」他責備道，在骯髒歪斜的板凳上坐下來。

「我不敢，公爵老爺。」楚里先諾科回答，臉上又帶著相同的淺笑，一對汙黑赤腳在凹凸不平的泥地上來回磨蹭。然而，他說話的語氣如此沉穩堅定，教人難以相信他眞如自己所言，不敢去找地主商量。

「我們是農民，怎麼敢……」老婦人又啜泣道。

「好了，別說了！」楚里先諾科再次對她喝道。

「這屋子不能住了，你這麼做是在胡鬧！」涅赫留朵夫沉默一會，又說：「兄弟，不如我們這樣做……」

「謹聽吩咐。」楚里先諾科答道。

「我在新農莊蓋了有雙層夾牆的格拉德磚屋[10]，你見過嗎？」

「怎麼沒見過？」楚里先諾科回答，咧嘴而笑，露出一口白牙：「我們都很驚訝，不知道那牆是如何砌的——多稀奇的屋子！年輕人都在笑，說會不會是蓋商店用的，再把牆壁塡滿，就不怕老

9 俄國傳統農舍會運用天花板與爐炕的空間加裝平台或床台。

10 爲俄國工程師安東·伊凡諾維奇·格拉德（Антон Иванович Герард, ?-1830）發明的一種農舍建築。特點爲雙層夾牆，牆壁較薄，通風性良好。

鼠了。」他搖搖頭，以嘲諷、質疑的語氣下了個結論：「屋子是挺高大的——就跟監獄一樣。」

「不錯，那是很好的房子，既乾爽又溫暖，還有防火作用。」涅赫留朵夫皺眉反駁，顯然對農夫的嘲笑感到不滿。

「自然是好房子，公爵老爺。」

「嗯，那就這麼做吧。其中一間磚屋已經蓋好了，約十俄尺平方大小，有門廳、儲藏室等，一切都完備了。我可以按造價賒租給你，等你有錢再還我。」想到自己做了件好事，涅赫留朵夫不禁得意一笑，說：「你可以拆掉舊屋子，改建爲倉庫，院子的東西也可以搬過去。新農莊那兒水質很好，我會撥一塊無人開墾的土地給你種菜，旁邊再劃一塊三角地給你種其他作物，你就可以過上好日子了！」

涅赫留朵夫注意到，當他提起搬家，楚里先諾科便動也不動，斂起笑容，雙眼看著地面。於是他問：「怎麼？難道你不喜歡這樣的安排嗎？」

「隨便公爵老爺安排。」楚里先諾科回答，依然沒有抬起雙眼。

老婦人彷彿受了什麼刺激，向前幾步，正想開口說話，卻被丈夫制止了。

「隨便公爵老爺安排。」他重複道，態度恭謹而堅決，看著地主，一甩頭髮，說道：「可我們不會搬去新農莊。」

「爲何？」

「行不通的，公爵老爺。您要我們搬到新農莊去，但我們在這裡已經過得如此窮困，到了那裡更不可能爲您效力。我們在那兒能種什麼？根本無法生活！隨您安排吧！」

「到底是爲什麼呢？」

「因爲會徹底破產，公爵老爺。」

「爲何無法在那裡生活呢？」

「在那兒怎麼生活？您想想，那地方沒人居住，水質好壞不清楚，也沒有牧場。我們這兒的麻田向來肥沃，可那裡呢？那兒有什麼？就是一塊荒地！沒有籬笆、沒有穀倉、沒有穀物乾燥間[11]，什麼都沒有。我們會破產的，公爵老爺，您若是把我們趕到那兒去，我們就會徹底破產！那是一個未知的全新所在……」他若有所思地重複，堅決地搖搖頭。

涅赫留朵夫試圖說服老農夫，搬到新農莊對他有利無弊，因爲那兒水質良好，未來也將建成籬笆與穀倉等等……。然而，楚里先諾科那種隱忍的沉默令他困窘，他莫名感到自己不該這麼說。

楚里先諾科並未反駁他，待涅赫留朵夫說完，他微微一笑，說最好還是讓所有老僕人與傻子阿廖沙搬去新農莊，他們可以在那裡看守農作物。

11 一種俄國傳統農舍建築，打穀前先將禾麥放在此處烘乾。常見於俄國中部、北部與白俄羅斯一帶。

「這麼一來他們就派上用場了！」他再次嘲諷道：「談論這事沒有意義，公爵老爺。」

「沒人住有什麼關係？」涅赫留朵夫不厭其煩道：「要知道這裡從前也是杳無人煙的荒地，後來才有人定居。你是運氣好，才能成爲第一個搬去新農莊的居民……你一定要搬過去住……」

「尊敬的老爺，這怎麼能比呢？」楚里先諾科趕緊回答，深怕地主做出最終決定。「這裡靠近村社，是我們熟悉的土地、充滿歡樂的地方；這裡有道路、有池塘，婦人可以洗衣服，牲口可以飲水；這裡的一切都是我們農民建立的，從古至今，代代相傳，有曬穀場、小菜園——還有我父母種植的白柳樹。我祖父、父親都在這裡安息升天——公爵老爺，我別無所求，只盼望自己能在這塊土地度過餘生。老爺您能格外開恩，幫我修好這間小屋，我們就感激不盡了；不然，就讓我們湊合住著直到終老。我們願意一輩子爲您祈禱——」他深深鞠躬，繼續說：「求您別把我們趕出老家——尊敬的老爺！」

楚里先諾科說話同時，他的妻子站在床台下啜泣，哭聲越來越響。當丈夫喊出「老爺」之際，妻子忽然跳出來，淚流滿面地撲倒在地主腳下。

「別毀了我們啊，老爺！您是我們的衣食父母！叫我們搬到哪去啊？我們都是上了年紀的人，無依無靠，而您就跟上帝一樣……」她大聲哭嚎。

涅赫留朵夫從板凳上跳起來，想要扶起老婦人；可她情緒激動，拚命在泥地上磕頭，還推開地主的手。

「你怎麼啦？快起來！你們若不願意就別搬了，我不會強迫你們的！」涅赫留朵夫邊說，邊揮動雙手，朝門口退去。

當涅赫留朵夫重新坐回板凳上，屋裡也陷入一片沉默，唯獨老婦人仍在啜泣，她又站回床台下方，頻頻用衣袖拭淚。年輕地主這才明白，這座傾頹的小屋、倒塌的井架、髒汙水窪、腐朽廄棚，以及歪斜窗戶外頭那兩棵乾枯柳樹——對楚里先諾科夫婦而言，具有多大的意義。他為此感到沉重、憂傷，並且慚愧不已。

「伊凡，上週日村社集會，你為何不說需要修繕房子？我現在不知該如何幫助你。我在第一次集會便對你們說過，我搬回鄉下是為了將自己的一生奉獻給你們。我準備犧牲自己的一切，讓你們感到幸福、滿足——我在上帝面前發過誓，一定會堅守諾言。」年輕的地主如此說，卻不知道，這種真情流露其實不能贏得他人信任——尤其是俄羅斯人，他們實事求是，不喜空口白話——他們也不喜歡表露情感，無論多美好的情感皆然。

可年輕單純的地主因領略了這股真情而深受感動，無法壓抑自己。

楚里先諾科的頭歪向一邊，緩慢地眨眨雙眼，勉強聆聽自家地主演說。儘管地主講的內容並不中聽又與自己毫無關聯，可他不得不聽。

「你要知道，我無法答應所有人的要求。如果別人向我要木材，我又來者不拒，那我自己的木材很快就沒了，也無法幫助真正有需要的人。因此我將一部分木材劃分出來，指定給農民修建房屋專用，並交由村社全權處理。這批木材現已不歸我所有，而是屬於你們農民的，我已無權處理木材，只能由村社決定。你今天來參加村會吧，我會把你的要求告知村社。我現在已經沒有木材了，若村社決定給你修繕屋子，那就太好了。我由衷想要幫助你，可你不願意搬家，那就不是我的問題了，只能交給村社處理。你明白我的意思嗎？」

「我們無比感激您的仁慈。」楚里先諾科尷尬回答：「若您能賞我們一些零碎木材修補房舍，我們就心滿意足了。至於村社，大家都知道是怎麼回事……」

「不，你一定要來。」

「是，我會去的。爲何不去呢？只是我不會向村社提出任何要求。」

4

年輕的地主顯然還有疑問想請教這家的主人。他並未從板凳上起身，神情猶豫不決，一會兒望望楚里先諾科，一會兒又看向沒有起火的空爐灶。

「那麼，你們吃過午餐了嗎？」他終於問道。

楚里先諾科鬍子底下露出諷刺微笑，似乎覺得地主竟然提出如此愚蠢的問題，十分可笑，於是不發一語。

「吃什麼午餐啊，老爺？」老婦人重重嘆一口氣，說：「吃了點麵包——這就是我們的午餐。今天沒時間割野菜，無法煮菜湯，倒是克瓦斯[12]還有一些，就給孩子們吃了。」

「今天是齋戒日，公爵老爺。」楚里先諾科插入話題，為妻子補充道：「麵包加洋蔥——就是我們這些農人的伙食。感謝上帝，由於您的仁慈，我們至今還有足夠的糧食，可有些農民連食物都沒了。今年各地洋蔥歉收，前幾天我們去找菜農米哈伊爾，他的菜一小把就要兩戈比[13]，我們這種人家根本買不起。從復活節到現在，我們還沒上過教堂，因為沒錢買蠟燭供奉聖尼古拉[14]。」

涅赫留朵夫早就知道他的農奴生活相當貧困，他之所以清楚這一點，並非根據流言或聽信旁人話語，而是真切有所認知。然而，這件事實與他所受的教育、思想及生活方式完全相悖，促使他刻意遺忘這項問題。可每一次，當他如同現在這樣清楚想起這件事實，內心便感到無比沉重與哀傷，彷彿思及一項未能償還的罪業，為此痛苦不安。

12克瓦斯（Квас, kvass），一種在俄羅斯、烏克蘭等東歐國家廣泛流行的低濃度酒精飲料，由黑麥麵包發酵製成。
13戈比（копейка, kopek），俄羅斯貨幣盧布（рубль, ruble）的輔助貨幣，一百戈比為一盧布。
14聖尼古拉（Saint Nicholas, Николай Чудотворец, 270-343），小說原文為烏克蘭語 Микола。著名基督教聖徒，曾為米拉城（Мyra，今土耳其境內）的主教，以樂善好施、保護兒童聞名。死後受天主教封聖，並定其逝世日十二月六日為聖尼古拉節（東正教曆為十二月十九日），廣受基督徒紀念，在東正教信仰中更具有重要地位，全世界有許多教堂以聖尼古拉命名。

「你們爲何如此貧窮？」他不禁問出自己的心聲。

「尊敬的老爺，我們過的是什麼樣的日子，怎會不窮呢？我們這塊土地，您自己也知道，不是黏土就是坡地；還有，我們顯然得罪了上帝。自從霍亂爆發以來，這片土地就長不出作物了，草地與耕地是越來越少：有些土地指定作爲農莊，有些則劃分爲地主老爺的田產[15]。農活全靠我一人包辦，可我已經老了……我也想賣力工作，可我沒力氣；我家老伴身體也不好，每年生一個女娃，個個都要吃飯啊。我一個人工作，卻要養全家七口。說來罪過，我常在想：如果上帝能早點收回幾個孩子——那我就輕鬆多了，對他們來說也好，總勝過留在世上吃苦受難。」

「唉……」老婦人大聲嘆氣，彷彿印證丈夫的話。

「這就是我唯一的幫手。」楚里先諾科說道，指向一個七歲大的男孩。男孩有一頭蓬亂金髮，肚子又大又凸；他恰好在此時輕推開門，怯怯走進屋裡，同時皺起眉頭，驚訝地盯著地主，小手抓緊父親襯衣。

「這就是我唯一的幫手。」楚里先諾科用粗糙的手掌撫摸孩子頭髮，繼續高聲說：「還要等多久他才會長大？我已經做不動啦！上了年紀還無所謂，疝氣才讓我難以忍受，每逢陰雨天我就痛得唉唉叫。要知道，我這把老骨頭早就該免除勞役了。您瞧，葉爾米洛夫、傑姆金、賈布留夫——他們全都比我年輕，但早就免服勞役了[16]。可我沒人代勞，才會這麼辛苦。一家子都要吃飯，這就是我拚命的原因啊，尊敬的公爵老爺。」

「我很想幫你減輕負擔，眞的。我該怎麼做？」年輕地主說，同情地望著農民。

「如何減輕負擔？當然囉，只要領有份地，就得爲地主服勞役，這規定大家都知道，我只能等這孩子長大。只求老爺開恩，准許他免去學校吧！前幾天，地方學校派人過來，說老爺您要求讓孩子去上學。他腦袋能有多好啊？公爵老爺，請您免了他吧！他還小，什麼也不懂。」

「鄉親，無論你怎麼說，答案是不行。」涅赫留朵夫說：「你兒子已經懂事了，應該上學讀書。要知道，我這麼說也是爲你好。你想想，等他長大成人，自己當家作主，他不僅能讀會寫，還可以去教堂讀經——有上帝幫助，你們一家就有好日子過了。」他努力把話說得簡單明瞭，卻又莫名紅了臉，止住話語。

「那還用說，公爵老爺，您是不會害我們的。可家裡人手不足啊，我和老伴都要服勞役，這孩子雖然小，可還能做點事：趕趕牛羊、餵馬喝水。不管怎麼說，他總歸是個農夫[17]。」楚里先諾科

15 自十七世紀開始，俄國由於農村人口增加、土地不足、耕作技術限制與租稅增加等種種原因，村社開始定期進行土地重分。土地重分又有全部重分與局部重分兩種形式，前者通常在全國人口調查後進行，後者則定期進行。但久而久之，土地關係會因此變得錯綜複雜，因此仍須進行全部重分。

16 地主對農奴分配土地與徵收地租，一般按賦役單位進行，每戶需派男女各一爲地主服勞役。男性年齡介於十八到六十歲間，女性年齡則爲十六到五十五歲間。

17 俄國農奴爲世襲制。

面帶微笑，粗厚手指捏住小男孩的鼻子，爲他擦去鼻涕。

「只要你們在家或者他有空，還是讓他去上學吧。聽懂了嗎？一定要讓他去上學。」

楚里先諾科深深嘆了口氣，沒有回應。

5

「對了，我還想問，」涅赫留朵夫說：「你爲何不運走肥料呢？」

「尊敬的公爵老爺，我哪有什麼肥料啊？根本沒東西可運。我還有什麼家畜？只剩兩匹小馬而已，一匹母馬和一匹幼駒，而小牛在去年秋天賣給一個旅舍老闆了——這就是我僅有的家畜。」

「既然你的家畜這麼少，爲何還要賣掉小牛呢？」地主訝異地問。

「我拿什麼東西餵牛？」

「難道你的乾草連餵一頭牛都不夠嗎？別人家就沒這個問題。」

「別人的田地肥沃，我的地全是黏土，沒辦法。」

「只要施加肥料，就能改良土質；土地長出作物，就有飼料可以餵牲畜了。」

「可我沒有牲畜，哪來的肥料？」

「這眞是可怕的『惡性循環』[18]。」涅赫留朵夫暗忖，實在想不出能讓老農夫採納的建議。

「再說了，公爵老爺，作物生長好壞和肥料無關，而是看上帝的心情。」楚里先諾科繼續說：「去年我從沒有施肥的地裡收割了六堆乾草，而在施肥的田裡，連一束乾草都收不到。誰能比得過上帝啊！」

他嘆了口氣，補充道：「我家牲畜也活不久，最多不超過六年。去年死了一頭小牛，我又賣了一頭——因爲沒有飼料能餵；前年則是死了一頭昂貴的母牛，從牧場趕回來的時候還好好的，突然牠的身子開始搖晃，晃呀晃的就倒下來了。我這人就是倒楣啊！」

「好了，鄉親，以後可別再說你沒有家畜是因爲缺乏飼料，或缺乏飼料所以沒有家畜了。這筆錢給你買牛。」涅赫留朵夫紅著臉說，從馬褲口袋裡掏出一疊皺巴巴的鈔票，把錢摺疊整齊。「用我的好運，去買一頭母牛回來。至於飼料，你就去曬穀場拿，我會吩咐下去。下週日你家就該有條母牛了，我會過來查看。」

楚里先諾科露出微笑，雙腳不停來回磨蹭，久久不敢伸手去接鈔票；涅赫留朵夫只好把錢放在

18原文爲法語 cercle vicieux。這裡所指的惡性循環，背後還有一個原因：俄國村社進行土地局部重分時，分配給各農户的份地數量，是以該户繳納租稅能力的多寡爲原則。換言之，誰家的勞動力越高、牲口數量越多，分得的份地就越多。然而，村社也必須保障貧窮農户，不能使其完全破產，因此會減免貧農的租稅與份地，減免的租稅則由其餘農民平均分擔。因此國家與地主收到的租稅總額不會減少，但農民也難以富裕起來。

桌角，臉脹得更紅了。

「我們對您的仁慈感激不盡。」楚里先諾科說，臉上又浮現那抹慣常的、帶有些許嘲弄的微笑。老婦人站在床台下，深深嘆了幾口氣，好似在誦念禱文。

年輕地主有些難爲情，匆匆起身走到門廳，並叫楚里先諾科一起出來。由於他的善舉，楚里先諾科看來十分高興，涅赫留朵夫實在不想太快與其道別。

「我很樂意幫助你。」涅赫留朵夫站在井邊說：「我可以幫助你，因爲我知道你是一個勤勞的人。只要你好好工作，我會繼續協助你，求上帝保佑，讓你的生活逐漸好轉。」

「公爵老爺，好轉是不可能了，只求不要破產。」楚里先諾科說，神情忽然嚴肅起來，甚至可說是嚴厲了，貌似對地主祝福他生活好轉這句話感到十分不滿。「過去我和父親、兄弟住在一起，根本不知道什麼是貧窮；直到父親死後，我們分了家，日子便越來越糟。我們變得孤孤單單，凡事只能靠自己。」

「你們爲何要分家呢？」

「回公爵老爺，全是女人家鬧出來的。那時您祖父已經過世了，如果他還在，沒人敢這麼做——全部老老實實照規矩辦事。先老太爺就跟您一樣，凡事親力親爲，我們這些農民誰也不敢想著分家，他老人家不會縱容底下的農民胡搞。先老太爺去世後，換成安德烈．伊里奇管理我們——我眞不想提起這傢伙——他是個不可靠的酒鬼。我們三番兩次向他請求：因爲妯娌不合，我們沒法住在一起，讓我們分家吧；他卻一再勒索我們，最後還是聽從女人家的意思，讓我們分家。可誰都知道一個農民獨立門戶會是什麼情形！

「那時也不存在什麼規矩了，安德烈．伊里奇愛怎麼管就怎麼管。他嘴上說：『你要什麼有什麼。』可農民如何取得生活所需，他從不過問。後來，人頭稅增加了，儲糧徵收也變多了，土地卻開始減少，作物也停止生長。等到重新劃分土地，他又把我們的肥沃耕田劃歸到地主名下，這個壞蛋搶走我們的一切，就算死了人他也不管！

「您的父親——願他在天國安息——是位好地主，可他住在莫斯科，我們沒什麼機會見到他。當然，往莫斯科運貨的馬車變得越來越多。有一回，天氣不好，道路泥濘，我們已經沒有飼料了，可還得運過去，地主老爺那兒不能沒有飼料啊。這事我們不敢抱怨，但就是沒有訂立一套規矩。

「現在您格外開恩，准許我們這些農民有事可以直接找您，管事也換了一個，我們的處境就和過去不同了。至少我們現在知道，上頭有一個地主在管理。對於您的仁慈，我們這些農民有說不出的感激。您還未成年的時候，我們上頭雖然沒有眞正的地主，卻有各種老爺在管我們，比如監護人老爺、伊里奇老爺和他的夫人——就連警局的書記官都是我們的管事老爺。唉——多不勝數啊！我們這些農民眞是吃了太多苦頭啦！」

涅赫留朵夫再次產生一種近似羞愧或內疚的罪惡感。他抬抬帽子，便離開了。

6

「怪人尤赫凡卡想出售馬匹。」涅赫留朵夫讀完筆記本上的註記，便穿過街道，走向怪人尤赫凡卡的家。

尤赫凡卡的小屋，頂部仔細鋪了一層麥稈（從地主的曬穀場弄來的），屋子本身則用簇新的淺灰色白楊木建成（同樣從地主的禁伐林場砍來的）。小屋的每扇窗戶皆鑲有兩片紅色窗板，門階上方搭了遮簷，並裝有別緻的雕花護欄，小型門廳與冷藏間都建得相當完好，不過，這副富裕豐足的景象，稍微被大門邊的儲藏室破壞了——外頭的籬笆尚未編完，屋頂也沒有遮簷。

涅赫留朵夫走近門階的同時，兩名農婦恰好抬著一個裝得滿滿的水桶從另一邊走來。其中一位是尤赫凡卡的妻子，另一位則是他的母親。

尤赫凡卡的妻子顴骨寬厚、臉色紅潤、身材壯碩、胸部異常豐滿；身穿一套乾淨襯衣與嶄新毛織裙，衣領與袖口皆有刺繡，圍裙亦然；她腳上套著短靴，還戴著一串項鍊與漂亮的方形頭飾，上面綴有亮片與紅色棉紗[19]。

扁擔末端並未搖搖晃晃，而是牢牢壓在尤赫凡卡妻子那寬闊硬實的肩上。她的背脊微微彎曲，四肢行動協調，紅潤臉龐一派輕鬆之色——在在顯示她身體無比健壯，力氣就跟男人一樣大。

尤赫凡卡的母親挑著扁擔另一頭，她的外貌正好相反：衰老至極，一副行將就木的模樣。她穿著一件破舊的黑色襯衣與素色毛織裙，骨瘦如柴、身形佝僂，以致扁擔並非擱在肩頭，而是壓在她的背上；她的雙掌指節彎曲變形，呈黑褐色，想抓緊扁擔，卻無力張開雙手。

她包著一條破爛頭巾，低垂著頭，顯得格外衰老窮酸；前額狹窄，布滿縱橫交錯的深刻紋路，發紅的雙眼沒有睫毛，黯淡無神垂望地面；一顆發黃門牙從凹陷的上唇露出來，微微晃動，偶爾觸及尖削下巴；臉頰與頸部皺紋好似鬆垮的口袋，隨著動作不停搖擺。她重重喘氣、嗓音嘶啞，費力拖著彎曲變形的光腳在地上行走，儘管如此，她行進的步伐依舊有條不紊。

7

年輕的農婦差點撞上地主，她連忙放下水桶，低下頭來鞠躬行禮，隨後蹙起眉頭，明亮的雙眼瞅瞅地主，試圖用繡了花紋的衣袖掩蓋嘴邊微笑。她快步跑上台階，發出叩叩聲響。

「媽媽，你把扁擔還給娜絲塔夏伯母吧。」她在門邊停下來，回頭對老太太說。

19此種頭飾稱 кичка，是俄羅斯已婚婦女的傳統節日裝扮，頭飾須完整包覆頭部，不得露出頭髮。

溫和的地主一反常態，嚴厲注視雙頰紅潤的農婦，而後沉著臉轉向老太太——她正用變形的手指抽出扁擔，擱在肩上，乖乖朝鄰居家走去。

「你兒子在家嗎？」地主問道。

老太太身子彎得更低，她行了個禮，本想開口說話，卻用手摀住嘴，劇烈咳嗽起來。涅赫留朵夫不等她開口，直接走進屋裡。

尤赫凡卡坐在紅角處的板凳上，一看見地主，彷彿想躲避他，立刻衝到爐炕邊，迅速把某樣東西塞進床台裡。他的眼睛與嘴角微微抽搐，身體緊貼著牆，貌似要讓路給地主通過。

尤赫凡卡年約三十，褐色頭髮、個子瘦長，留著一撮尖尖的小鬍子。假如他緊蹙雙眉底下那雙褐色小眼睛不要老是滴溜溜地打量旁人，或是不停掀動兩片薄薄的嘴唇，使人一眼看見他少了兩顆門牙以外——他的外表可說是相當英俊。

尤赫凡卡身穿鑲紅邊的節慶襯衣與條紋印花長褲，腳上套著一雙發皺的厚長筒靴。他的小屋內部不像楚里先諾科那樣狹小陰暗，可空氣同樣窒悶，充滿菸草味與羊皮味，衣服與雜物也同樣四處亂放。

屋裡有兩件奇特的東西引人注目：一把變形的舊茶炊擺在架子上；還有一副玻璃髒汙、破碎的黑色裱框，裡頭是一張身穿紅色軍服的將軍肖像，就掛在聖像旁。涅赫留朵夫不悅地望向茶炊、將軍肖像與床台——破布下方露出黃銅菸管尾端，最後轉向尤赫凡卡。

「你好啊，埃皮方。」地主說，直直盯住尤赫凡卡雙眼。

尤赫凡卡鞠躬行禮，含糊不清地說：「祝您安康，老爺。」念到後面兩字，聲音特別輕柔。他的目光迅速掃過地主、小屋、地板、天花板，沒有多作停留，而後匆匆跑到床台邊，從裡面拉出一件呢袍穿上。

「你穿衣服做什麼？」涅赫留朵夫說。他坐在板凳上，盡力擺出威嚴神態，望向尤赫凡卡。

「不穿怎麼行？老爺，我們當然懂得……」

「我來找你是想知道，你爲何要出售馬匹？你是不是養了很多馬？你要賣的是什麼馬？」地主乾巴巴地問，顯然是把預備好的問題重複一遍。

「老爺，您不嫌骯髒來我們農舍，眞是感激不盡。」尤赫凡卡回答，目光快速掃過將軍肖像、爐炕、地主的靴子與其他物品，就是不看涅赫留朵夫的臉。「我們總是爲您祈禱呢，老爺……」

「你爲何要出售馬匹？」涅赫留朵夫清清喉嚨，提高聲音再問一次。

尤赫凡卡嘆了口氣，甩甩頭髮，目光再度掃視小屋，發現貓咪躺在板凳上安穩地打呼，便吆喝道：「滾開！臭貓！」然後又匆忙轉向地主，說：「老爺，那匹馬不中用啦，若牠還好好的，我就不會賣了，老爺。」

「你總共有幾匹馬？」

「三匹，老爺。」

「有沒有幼駒？」

「當然有囉，老爺。有一匹幼駒。」

8

「走吧，帶我去看看你的馬。牠們都在院子裡嗎？」

「正是，老爺。您怎麼吩咐，我就怎麼辦。我們怎能違抗您呢？老爺。雅可夫．伊里奇昨日便吩咐了，叫我明天不要牧馬，公爵會來視察。我們就不去放牧了，我們可不敢違抗老爺的命令。」

趁涅赫留朵夫離開，尤赫凡卡趕緊從床台邊抓起菸管，扔到爐炕後方。地主沒注意他時，他的嘴唇依舊不安地頻頻抽動。

一匹瘦削的灰色牝馬在屋簷下挑揀發霉乾草，一頭兩個月大的長腿幼駒，緊貼在牠沾滿牛蒡刺的細長尾巴旁。幼駒毛色仍不明顯，可腿部與吻部皆泛著淺淺青色。院子中央立著一匹肚腩突出的棗紅閹馬，牠瞇起眼睛，若有所思地垂下頭，看上去是一匹適合農耕的好馬。

「你的馬都在這裡了？」

「不，老爺。那邊還有一匹母馬和一匹幼駒。」尤赫凡卡回答，指著屋簷下那兩匹馬，以爲地主沒有發現牠們。

「我看見了。那麼，你想賣掉哪一匹？」

「就是這一匹，老爺。」他回答，用呢袍下襬朝那匹昏昏欲睡、不斷眨眼、翕動嘴唇的閹馬揮舞。馬兒睜開眼睛，懶洋洋地將尾巴轉向他。

「牠看起來年紀不大，體型也滿結實的。」涅赫留朵夫說：「你捉住牠，我來看看牠的牙齒，就知道牠年紀多大了。」

「我一個人抓不住牠啊，老爺。這頭畜牲一文不值──脾氣暴躁，還會踢人咬人哪，老爺。」尤赫凡卡回答，笑得十分開心，眼珠四處亂瞟。

「胡說！你過來抓住牠！」

尤赫凡卡磨磨蹭蹭、嘻皮笑臉地鬧了好一陣子，直到涅赫留朵夫生氣大吼：「喂！你到底在幹什麼？」他才跑到屋簷下，拿出籠頭，開始追趕馬匹，卻又不敢走到正面，而是從後方接近。

年輕地主顯然看不下去，又或者有意表現自己的本事，於是說道：「把籠頭給我！」

「請您饒恕，這怎麼可以呢？老爺，不行哪……」

但涅赫留朵夫直接走到馬兒面前，瞬間出手抓住牠的雙耳，用力把牠拽向地面。那是一匹溫馴的農耕馬，遭受如此粗暴對待，不禁嘶鳴起來，晃動身體，試圖掙脫。涅赫留朵夫這才發現，根本不需要費這麼大的力氣，也看見尤赫凡卡在旁邊笑個不停。他認爲尤赫凡卡在取笑他，把他當成小孩子，於他這個年紀的男子而言，實爲莫大羞辱。他紅著臉，放開馬兒雙耳，不用籠頭直接扳開馬嘴，查看牠的牙齒：切齒的形狀與杯部[20]依然完整。年輕地主立即知曉，這匹馬還很年輕。

這時，尤赫凡卡走到屋簷下，他注意到一根釘耙沒有放在原位，便撿起來，豎立在籬笆旁。

「你過來！」涅赫留朵夫叫道，一臉氣呼呼的幼稚模樣，帶著點哭腔，忿忿道：「這匹馬怎能算老呢？」

「請您饒恕，老爺。這匹馬眞的很老，有二十歲了……」

「住口！你這一個撒謊的無賴！身爲一個堂堂正正的農民，你不應該說謊！」涅赫留朵夫哽咽道，喉間堵著一口氣，喘不過來。他沉默不語，不願當著農民的面落淚，有失顏面。

尤赫凡卡同樣悶不吭聲，一臉泫然欲泣的模樣，他吸吸鼻子，輕輕搖了搖頭。

「好，你把馬賣了，要拿什麼來耕地呢？」涅赫留朵夫平靜下來，可以正常說話了，繼續道：「我們特別派你從事其他工作，好讓你的馬能休養一番。可你卻想賣掉最後一匹馬？最重要的是，你爲何說謊？」

見地主情緒恢復平靜，尤赫凡卡也放下心來。他立正站好，仍不停抽動嘴角，雙眼到處亂瞟。

「我們爲您做事，待遇不會比別人差。」他答道。

「可你用什麼來耕地呢？」

「放心吧，老爺，我們不會耽誤您的工作。」他一邊回答，一邊出聲趕馬。「要不是缺錢，我們怎麼會賣馬呢？」

「你怎麼會缺錢？」

「沒有半點糧食啦，老爺。欠別人的錢也得還哪，老爺。」

「怎麼會沒有糧食？那些養孩子的人家都還有存糧，你又沒小孩，怎麼會沒存糧？糧食都到哪去了？」

「吃光了，老爺，如今連塊麵包屑都沒有。到了秋天我就把馬兒買回來，老爺。」

「你休想賣馬！」

「老爺，若是不賣馬，叫我們怎麼生活呢？」尤赫凡卡身子歪向一邊，嘴唇抽了抽，忽然大膽直視地主的臉。「沒有糧食，又不許賣馬……那麼，我們就只能餓死了。」

「兄弟，你聽好了！」涅赫留朵夫臉色發白，怒氣沖沖對尤赫凡卡嚷道：「像你這樣的農民，我可不想收，你不會有好下場的！」

「您若是對我有什麼不滿意，那就隨您處置吧，老爺。」他回道，閉上眼睛，裝出一副恭敬的樣子。「不過，我好像從來沒犯什麼過錯。當然啦，若是我不能討老爺歡心，也只能任您處置，就

20成年馬匹在結束換牙期後，會有上下頜各六顆切齒，每顆切齒中間各有一塊凹槽，稱爲杯部（cup），杯部的深度會隨著牙齒的磨損逐漸消失，故可大致判別馬的年齡。

是不曉得我爲何要接受處分？」

「我這就告訴你——因爲你的院子沒蓋遮棚、田地沒有施肥、籬笆損壞沒有更換，而你成天坐在家裡抽菸，什麼事也不幹！還有，你母親把所有家產交給你，你卻連塊麵包都不給她，還縱容妻子毆打母親，逼得她跑來找我訴苦。」

「請您饒恕，老爺，我連菸管長什麼樣子都不知道。」尤赫凡卡訕訕回道，顯然，抽菸這項指控令他深感受辱。「如今什麼東西都能拿來汙衊人啦！」

「你又在說謊！我親眼看見……」

「我怎敢在老爺面前撒謊呢？」

涅赫留朵夫咬緊下唇，不再開口，繞著院子來回踱步。尤赫凡卡站在原地，不敢抬眼，仔細留意地主腳步。

「聽著，埃皮方。」涅赫留朵夫停在尤赫凡卡面前，極力掩飾內心激動，以哄孩子的親切語調說：「你不能再這樣生活了，你會毀了自己！你好好想想，如果你想做一個堂堂正正的農民，就必須改變自己的生活方式。你得改掉所有壞習慣，不說謊、不喝酒，還要孝順母親。你的事我全都知道，你要老實工作，不要盜伐國家林木或成天跑酒館。你想想，這樣的日子有什麼好處？你若有任何需要，歡迎來找我，直接告訴我你需要什麼東西、原因是什麼，說實話別撒謊，只要我能辦到，我就不會拒絕你。」

「行了，老爺，我大概了解您的意思！」尤赫凡卡笑答，彷彿完全理解地主這番話的奧妙。

涅赫留朵夫本以爲這番規勸能夠感動尤赫凡卡，使其回歸正途；可尤赫凡卡的笑容與回答令他大失所望。況且在他看來，自己身爲地主，完全有權教訓底下的農民，他不應說出這番言論，有失個人體面。他垂著頭，悶悶不樂地走進門廳；老太太坐在門檻上大聲嘆氣，顯然對地主的話頗有共鳴。

「這給你買麵包。」涅赫留朵夫在她耳邊說，把錢塞進她手裡。「你自己去買，別交給尤赫凡卡，不然他又要拿去喝酒了。」

老太太頻頻點頭，乾枯的手掌緊握門框，想要起身答謝地主。待她終於站起身來，涅赫留朵夫已經走到街道另一端了。

9

「白子達維德要求糧食與木樁。」筆記本上，尤赫凡卡的事項後方，註記著這一條。

涅赫留朵夫走過幾戶農家，在街道轉角處遇見自己的管事——雅可夫・艾爾帕特奇。對方老遠就看見地主，摘下漆布海軍帽，掏出一塊絲綢手帕，擦擦紅潤的肥臉。

「戴上帽子，雅可夫！我叫你戴帽子，雅可夫……」

「公爵老爺，您去哪兒了？」雅可夫問，舉起帽子遮陽，卻沒有戴上它。

「我去找了怪人尤赫凡卡。你說說，他爲何會變成這樣？」地主一邊說，一邊前進。

「您指的是什麼？公爵老爺。」管事應道，恭敬地跟在地主身後，保持一定距離，並重新戴上帽子，撫平鬍鬚。

「還能有什麼？他完全是個無賴、懶鬼、小偷、騙子、不孝子……總之是個無可救藥的渾蛋。」

「公爵老爺，我不曉得他會惹得您如此生氣……」

「他妻子也是個可惡的女人。」地主打斷管家：「老母親穿得連乞丐都不如，還沒東西吃，他們夫妻倆倒是打扮得光鮮亮麗。我眞不知該拿他怎麼辦才好。」

涅赫留朵夫提到尤赫凡卡的妻子時，雅可夫的神情顯得很不自然。

「公爵老爺，既然他如此放肆，我們就該想個辦法對付他。」管事開口道：「他確實跟那些沒有家室的農民一樣窮困，可與旁人相比，還算謹守本分。就農民而言，他很聰明，能讀會寫，個性也算老實，會按時繳納人頭稅。從我擔任管事以來，他已做了三年村長，同樣沒什麼明顯過失；第三年，您的監護人要他下田服勞役，他也去了。不過，他有時會上城裡的郵局，在那裡喝得醉醺醺的，這就得想個辦法處理了。在他胡鬧的時候，用鞭子嚇唬嚇唬他，他就會清醒過來，這樣對他有好處，家裡也能太平。可您不允許我們這麼做，那我也不知該拿他怎麼辦才好。他確實太放肆了，可又不適合送去充軍，老爺您大概也注意到，他少了兩顆門牙。不瞞您說，不只他一人如此，他們這些農民全都無法無天哪[21]……」

「這你就別管了，雅可夫。」涅赫留朵夫面帶微笑回答：「這事我們已經談論過很多次。你也知道我的想法，不管你怎麼說，我是不會改變主意的。」

「當然了，公爵老爺，這些事您都曉得。」雅可夫聳聳肩說，望著地主的背影，好似知道沒有任何指望。「至於那個老太婆，您就別爲她操心了，沒用的。」

他繼續說：「當然，她一個女人獨力撫養孩子長大，還幫他討了老婆，這是事實。可在一般農家裡，做父母的把家業傳給兒子，就換兒子與媳婦當家了，老太婆必須自食其力，雙方感情自然不會太好，這種情形在農家很普遍。恕我直言，您就別替老太婆操心了，她這人既聰明又能幹，老爺何必擔心這麼多呢？沒錯，她跟媳婦吵了一架，媳婦可能也推了她一下——這都是女人家的事。您在這裡爲她操心，說不定她們倆又和好啦。老爺您太關心這些小事了。」管事說，以一種溫和寬容的目光，注視前方默默大步行走的地主。「您要回家嗎？」他問。

「不，我要去找白子達維德，或叫科茲洛夫……他怎麼會有這個綽號？」

「這也是一個懶鬼。我告訴您，科茲洛夫一家都是這種貨色。無論您用什麼方式對付他——都

21 指農民爲了逃避兵役，故意敲掉門牙。

沒有用。昨天我搭車經過他家農地，他連蕎麥都還沒播種。您說該拿這種人怎麼辦？就該像老子教訓兒子那樣好好教訓他。這懶鬼既不種自己的地，也不管老爺的地，做什麼事都馬馬虎虎、拖拖拉拉的。您的監護人和我試過各種方式對付他：送警局啦、在家處罰他啦——當然，您不願意這麼做……」

「處罰誰？難不成是處罰老傢伙嗎？」

「正是。您的監護人多次在村會上當眾懲罰他。可公爵老爺您相信嗎？他根本不在乎，抖抖身子走了，還是那副老樣子。我告訴您，達維德這傢伙很聰明，他安分守己，不抽菸不喝酒——」雅可夫解釋道：「換句話說，他比那些酒鬼更糟。依我看，只能把他送去充軍或者流放到其他地方，實在沒別的辦法了，科茲洛夫一家人就是這種貨色。還有住在小黑屋的瑪特瑠什卡，也是他們家的人，同樣是個該死的懶鬼。」管事發覺地主並未聽他說話，便補上一句：「您還需要我嗎？公爵老爺。」

「沒事了，你走吧。」涅赫留朵夫心不在焉地回答，朝白子達維德的家走去。

達維德的小屋形狀歪斜，獨自座落在村莊最遠端。屋外沒有院落、穀倉與穀物乾燥間，只有幾座骯髒的牲畜廄棚緊連在小屋旁。小屋另一側胡亂堆疊許多修建院落所需的木材與原料，本該是庭院的地方雜草叢生，屋外沒半個人，只有一頭豬躺在門邊的泥漿裡嚄嚄叫。

涅赫留朵夫敲敲破裂的玻璃窗，無人回應。他走近門廳，大喊著：「有人在嗎？」同樣無人回應。他穿過門廳，看看空蕩蕩的廄棚，走進門戶敞開的小屋裡。一隻紅冠老公雞與兩隻母雞晃著羽毛，在地板與凳子間來回踱步，腳爪叩叩敲擊地面；一見人影，牠們咯咯狂叫，撲翅朝牆上飛去，其中一隻甚至跳上爐炕。

六俄尺平方大小的屋裡，塞了一座煙囪斷裂的爐炕、一台織布機（到了夏天仍未移走）和一張顏色發黑、龜裂變形的木桌。儘管庭院乾燥，可從屋頂與天花板滲漏下來的雨水在門檻附近積成一窪汙水；屋裡沒有床台——裡裡外外都是一片荒蕪雜亂。很難相信，會有人住在這種地方，可白子達維德一家確實就住在這間小屋裡。

如今是六月，儘管天氣炎熱，達維德仍蜷縮在爐炕一角，用短襬皮裘蒙著頭呼呼大睡。一隻母雞嚇得跳上爐炕，在他背上驚慌地踩來踩去，這樣也沒把他吵醒。

涅赫留朵夫沒見到半個人影，正想離去時，卻聽見屋裡傳來一陣長長的呼嚕聲。

「喂！這裡有人嗎？」地主喊道。

爐炕邊又響起一陣長長的呼嚕聲。

「是誰在那裡？快出來！」

回應地主的仍是睡意朦朧的呼嚕聲與響亮呵欠。

「喂，你怎麼啦？」

爐炕上某個物體緩緩移動起來，先是露出皮裘的破爛前襟，而後垂下一隻穿著破爛草鞋的大腳，緊接著另一隻，最後是白子達維德的全副身軀。他坐在爐炕上，滿臉不高興，懶洋洋地用一隻拳頭揉揉眼；他緩緩低下頭，打個呵欠，瞥了小屋一眼，這才看見地主，於是稍稍加快了動作。然而涅赫留朵夫在汙水坑和織布機間來回走了三次，達維德仍未爬下爐炕。

白子達維德確實相當白皙，頭髮、臉部與身體膚色都白得出奇。他又高又胖，卻不似一般人胖在腹部，而是渾身上下充滿了肥肉。不過，他這種肥胖近似虛胖，不健康。他留著一把濃密的大鬍子，淺藍色的雙眼平靜無波，五官雖然好看卻透著病容：臉色蒼白，略顯蠟黃，沒有半點紅潤或日曬痕跡；雙眼下方略泛青紫，由於肥胖浮腫，擠成了兩條細縫。他的雙手肥厚、色澤蠟黃，好似患有水腫，上頭覆蓋一層白色汗毛。他睡得迷迷糊糊，怎麼也睜不開眼，全身搖晃，呵欠連連。

「哼，你都不覺得丟臉嗎？」涅赫留朵夫開口了：「放著待修的院子不管，家裡也沒有半點糧食，卻在大白天的時候睡覺？」

達維德這才從睡夢中清醒過來，並意識到站在面前的人正是地主老爺。他雙手放在肚子上，頭部略略歪垂，一動也不動。他並未吭聲，可臉部表情與全身姿態彷彿在說：「我知道、我知道，反正我也不是第一次聽到這些話了。若是要打我就動手吧——我受得住。」似乎希望地主停止說教，快點動手修理他，即使用力抽他肥厚的臉頰一耳光也無妨，只要盡快還他安寧即可。涅赫留朵夫發現，達維德不了解他的行事作風，於是努力提出各種問題，試圖打破農民這股頑強的沉默。

「你爲何跟我要一堆木材？它們已經在你院子裡堆了整整一個月，現在還是農閒時節——你說啊！」

達維德仍舊動也不動，固執地不肯開口。

「喂，回答我呀！」

達維德咕噥幾句，眨眨白色睫毛。

「兄弟啊，人人都應該工作，不工作怎麼行呢？瞧，你現在已經沒了糧食，這是爲什麼？就是因爲你沒有好好耕地、不肯重耕又沒按時播種——一切都是因爲你太懶了。你向我要糧食，我可以給你，因爲我不能讓你餓死，可這樣下去不是辦法。我拿誰的糧食給你才好？你認爲呢？要我拿誰的糧食給你？你說啊！」涅赫留朵夫固執地追問。

「地主老爺的。」達維德低聲說，怯怯抬起眼來，試探地望向地主。

「地主老爺的糧食又是從哪來的？你自己想想，是誰犁地？耙地？播種？收割？不就是農民嗎？是不是？所以你看，如果要把地主的糧食分給農民，那麼誰做得多，誰就該多領一些，你只能少分一些，否則別人就會抱怨——同樣是服勞役，你做得比別人少，跟地主要的糧食卻比別人多。我爲何要給你卻不給其他農民呢？要是每個人都像你一樣遊手好閒，那我們早就都餓死了。兄弟，你必須勤勞工作，像現在這樣是不行的。聽見了嗎？達維德！」

「聽見了。」他緩緩從牙縫裡擠出一句回答。

10

這時，窗外有個農婦挑著布擔經過，下一秒，達維德的母親便走進小屋。她年約五十，身材高䠷、精神奕奕、活力充沛；她的相貌平凡，臉上佈滿皺紋、斑點，然而挺直的鼻梁、緊抿的薄唇與靈敏灰眼透露她蘊含的智慧與毅力；她的肩膀突出、胸脯平坦、手臂乾瘦、汗黑的裸腿肌肉發達——種種特點顯示，她做了太多男性粗工，早已不像個女人。

她步伐輕快地走進屋內，隨手掩上門，撫平毛織裙上的皺褶，怒氣沖沖瞪向兒子。涅赫留朵夫想跟她說些話，可她已轉過身去，對著織布機後方的黑色木雕聖像畫十字，而後理理骯髒的方格頭巾，低身朝地主鞠躬。

「祝您週日愉快，公爵老爺。」她說：「願上帝保佑您，您是我們的父親……」

看見母親，達維德顯得更加不安，不僅彎腰駝背，頭也垂得更低了。

「謝謝，阿麗娜。」涅赫留朵夫答道：「我正和你兒子談論你們的家業呢。」

阿麗娜，或稱縴夫[22]阿麗什卡（自少女時期農民就如此稱呼她），左手托著右肘，右手握拳支著下巴，不等地主說完，她立刻開口，聲音刺耳且洪亮，整個小屋都充滿她的聲音。若此刻有人站在院子，可能會以為屋裡同時有好幾個女人在說話。

「我的老爺啊，您跟他有什麼好說的！他這人連話都說不好，只會像呆子一樣站在那裡！」她一臉鄙夷，揚頭指向可憐兮兮、體型笨重的達維德，繼續道：「尊敬的公爵老爺，我們哪裡有什麼家業呢？我們是窮光蛋，全村最窮的人家就屬我們了，無論對自己或對地主莊園都毫無貢獻，眞是太丟臉了！這都是他害的！我生他、養他，好不容易盼到他長大了，可我得到了什麼？一個光吃飯不做事的廢柴！成天只會躺在爐炕上睡大覺，或是站在那裡搔他的笨腦袋！」她一邊說，一邊模仿他。「老爺啊，您就恐嚇恐嚇他吧，我求求您，看在上帝的份上，好好懲罰他，或者送他去當兵也行——我實在拿他沒辦法了。」

「唉，達維德，你把自己母親氣成這樣，都不會覺得丟臉嗎？」涅赫留朵夫責備他。

達維德仍然動也不動。

「他若是生病也就罷了，」阿麗娜又激動地比著手勢說下去：「可您看看他，胖得就像磨坊裡的閹豬。他這樣的大塊頭，總該做點事吧！可他不是，只會懶洋洋躺在爐炕上。他若是願意工作，我也不需要這樣盯著他了，就是起來動動，隨便找點事做也好啊。」阿麗娜拉長聲音道，笨拙地扭

22古時因船運所需，當船逆水而行或遇到險灘、擱淺時，便需要眾多人員合力拉船，縴夫這一職業由此而生。約在十六世紀末到十七世紀初，俄國開始出現縴夫，主要工作路線有伏爾加河、白海與烏克蘭的聶伯河。縴夫組成來源主要爲貧窮農奴，亦有女性加入其中。這項職業在二十世紀初已經式微。

動突出的肩膀。

「您瞧，我家老頭子今天自己去樹林撿乾柴，叫他挖個坑，他連鏟子都不碰一下！」她沉默了一會又說：「我被他害慘了，一個老婆子孤零零地做所有事。」她忽然尖叫起來，威脅似地揮舞雙手，朝兒子走去。「你這個癡肥無用的醜八怪！上帝饒恕我吧！」

阿麗娜鄙夷又絕望地背過身子，吐了口口水，再度轉向地主，激動揮舞雙手，含淚道：「如今就我一個人養家。我家老頭子又老又病，沒什麼用處，所有事情全靠我一個人──就我一個人做哪！哪怕是石頭都會磨穿的。我若是死了，可能還輕鬆點，反正下場都一樣，這渾蛋要把我折騰死啊！老爺，我已經不行了！我媳婦因爲過度操勞送了命，我就快步上她的後路了！」

11

「怎麼會死了？」涅赫留朵夫懷疑問道。

「太操勞了，老爺。眞的，她就這麼累死了。」阿麗娜的神情忽而由憤怒轉爲哀傷，哭哭啼啼道：「前年我們才從巴布林家娶回這個媳婦。她原本是個年輕嬌嫩、溫柔可愛的女孩，在娘家有父親、兄嫂愛護，日子過得很舒適，從沒嘗過貧窮的滋味。可嫁到我們家後，卻得不停工作──服役、做家務，到處都有忙不完的事，就我和她兩個人在做。我呢，是早就習慣了；可她懷了孩子，老爺啊，這可憐的女人就受罪了——過度勞累，傷了身子。

「去年，聖彼得齋期[23]間，她生了一個男孩，但家裡沒什麼食物，她隨便吃了點東西，又去忙工作了。唉，老爺啊，後來她的母乳沒了，這是她第一個孩子，可家裡沒有乳牛，我們這種農民也沒奶瓶可以餵孩子。當然，她也是個想不開的傻女人，孩子一死，她更傷心了，成天哭哭啼啼，可家裡窮，又得做事，情況就越來越糟。夏天時她已經憔悴不堪，到了聖母節[24]，這可憐女人就走了——都是這混蛋害死了她！」阿麗娜又惡狠狠瞪向兒子。

沉默了一會，她向地主鞠躬，低聲說：「我想請求您一件事，公爵老爺。」

「什麼事？」涅赫留朵夫隨口問。他聽了阿麗娜講述的故事，情緒依然激動。

「這孩子年紀還輕，可我能做多久呢？今天我還活著，說不定明天就走了。他沒有老婆照顧該怎麼辦？他又無法幫您做事，您幫我們想想辦法吧，老爺。」

「你的意思是，你想幫他討個老婆對嗎？這也是個辦法。」

「老爺，請您發發慈悲，您是我們的再生父母啊！」她朝兒子做了個暗示，兩人便咕咚一聲，

23 聖彼得齋期（St. Peter's Fast）又稱使徒齋期（Apostles' Fast）、聖使徒齋期或彼得保羅齋期，是東正教會的齋期之一。齋期於東正教曆諸聖節（慶祝所有聖人的瞻禮）後一日開始，結束於東正教曆六月二十八日凌晨十二點。

24 或稱聖母守護節（Protection of the Theotokos）。按東正教傳統，於教曆十月一日慶祝。

同時跪倒在地主腳下。

「爲什麼要下跪？」涅赫留朵夫說，不悅地抓住她的肩膀，把人拉起來。「難道不能站著說話嗎？我不喜歡別人這麼做。若是你有屬意的對象，那就幫他討個老婆吧，我也爲你們感到高興。」

阿麗娜站起身，用衣袖擦擦眼睛（眼裡毫無淚水）。達維德也仿效她，用拳頭揉揉眼睛，依然耐心且溫馴地站著聽母親說話。

「怎麼會沒有呢？我確實有個中意的對象，就是瓦秀特卡·米赫金娜。這女孩是不錯，可沒有您幫忙就辦不成啦。」

「她不願意嗎？」

「當然不了，老爺。她若同意，事情早成了！」

「那怎麼辦呢？我又不能強迫人家。你們另外找一個吧，村裡找不到，就去別村找。我可以幫她贖身，只要她心甘情願，總不能強逼人家嫁過來。這不僅違法，也是一大罪過。」

「唉呀，老爺，這怎麼可能呢？看到我們日子過得這麼窮困，誰還願意嫁過來？就連大兵的老婆都不肯來過這種苦日子，哪裡還有農民願意把女兒嫁過來？哪怕再辛苦都不願意。要知道我們窮得跟乞丐沒兩樣，別人會說，他們家已經餓死一個媳婦了，我女兒嫁過去也會是同樣下場。誰還肯嫁呢？」她不相信地搖搖頭，又補上一句：「您想想辦法吧，公爵老爺。」

「可我能做什麼？」

「您就幫我們想想辦法吧，親愛的老爺。」阿麗娜殷殷懇求：「不然我們該怎麼辦？」

「我還能想什麼辦法？這事我也無能爲力。」

「若是您不能爲我們作主，還有誰能幫我們呢？」阿麗娜雙手一攤，垂下頭來，神色憂愁，不知所措。

涅赫留朵夫沉默了一會，說：「你們需要糧食，我可以吩咐下人發給你們。別的事情我就無能爲力了。」與此同時，阿麗娜不停嘆氣，達維德也跟著嘆氣。

涅赫留朵夫走出門廳，母子倆也鞠躬行禮，尾隨他出去。

12

「唉，我命苦啊！」阿麗娜深深嘆了口氣。

她停下腳步，怒瞪兒子一眼，達維德立即轉身，拖著一雙穿著骯髒草鞋的肥胖大腳，笨重地邁過門檻，消失在門後方。

「老爺啊，我該拿他怎麼辦？」阿麗娜繼續對地主說：「您也看到他是什麼德性了。這孩子本性不壞，他不喝酒、脾氣溫順、心地善良——說來冤枉，他確實沒有什麼不好的地方，可天曉得怎麼回事，他竟變成這種無賴！要知道他自己也不願意哪。老爺，您知道嗎？每當我看見他受苦，就感到十分心痛。無論如何，他總是我肚子裡的一塊肉——我捨不得他呀，實在捨不得……他也不是故意跟我們、或是跟上頭的管事老爺作對，他就是太沒膽了，跟小孩子一樣。唉，沒了老婆，他孤零零的，可怎麼辦呢？老爺，請您幫我們想想辦法吧。」阿麗娜重複道，顯然有意淡化自己在地主心目中的潑辣形象。

「尊敬的公爵老爺，」她以深信不疑的口吻輕聲說：「我左思右想，就是想不透，這孩子爲何會變成這副德性——鐵定有惡人施法詛咒他。」她停頓一會又道：「若是能找個人來治好他就行了。」

「你胡說什麼？阿麗娜，怎麼可能有人詛咒他？」

阿麗娜說：「我的老爺啊，若是有人詛咒他，那他就永遠好不了了！這世上有多少壞人哪！若是有人惡意取走他腳下踩過的一撮土……或是其他東西……那他這輩子就好不起來了，非倒霉不可！我在想，是否該去找傻子董杜克[25]，這老頭住在沃洛比約夫卡村，知道各種咒語與草藥，還會驅邪、求聖水，說不定他能幫忙治好達維德！」

「這就是貧窮與愚昧造成的結果！」年輕地主想。他垂頭喪氣，沿著道路大步走回村莊。

「我該拿他怎麼辦才好？總不能放著他不管，無論是爲了我的理想也好，爲了給旁人樹立榜樣也罷，甚至是爲了他自己的將來，我都不能不管。」他自言自語，並屈指細數種種理由。

「我不能坐視不管，可是又該如何指引他呢？他壞了我對這座莊園的全盤計畫，要是所有農民都像他這樣，我的理想就永遠無法實現了。」涅赫留朵夫想，對於達維德毀了他最好的計畫，感到無比惱恨，尋思道：「假如他不學好，我就按照雅可夫的建議，把他流放或者送去充軍。對啊，至少我可以擺脫他，還能拿他代替那些乖乖做事的農民去當兵。」

涅赫留朵夫滿意地想，同時又隱約意識到，這種單向思考不夠妥當。他停下腳步。「等等，我在想什麼？」他對自己說：「是啊，拿他充軍、流放他……我憑什麼這麼做？他是個好人，比多數人善良，我怎麼知道……若是我解放他呢？」他不再單向思考問題。「……這也不行，辦不到。」

忽然，涅赫留朵夫想到一個好主意，高興地露出微笑，彷彿解決了一項難題。「我讓他來家裡當僕人。」他自言自語：「我親自監督他，用溫和勸誡的方式與合適的工作來培養他、改造他。」

13

「就這麼辦。」涅赫留朵夫得意洋洋地說，接著又想起，他還得去探視富裕農民杜特洛夫，便朝村子中央那座高大寬敞有雙煙囪的房屋走去。

25 原文爲 Дундук，意即蠢蛋、傻瓜。

他走近大屋，迎面碰上一位穿著樸素、年約四十的高䠷婦人從隔壁小屋走出來。

「祝您週日愉快，老爺。」婦人落落大方道，停在涅赫留朵夫身邊，露出殷勤微笑，向他鞠躬行禮。

「奶媽你好，近來如何？」他回道：「我現在要去探視你隔壁的鄰居。」

「親愛的老爺，我們一切都好。您怎麼不來我們家裡坐坐？我家老頭子一定很高興見到您。」

「好啊，奶媽，我就去你家聊聊天。這是你的房子嗎？」

「正是，老爺。」

奶媽跑在前頭，涅赫留朵夫跟著她走進門廳，在小木桶上坐下，掏出一根菸抽了起來。

奶媽請他進屋，他回道：「屋裡熱，我們坐在這裡聊天就好。」

奶媽的外表依然年輕、美麗。她的臉龐，尤其是那雙烏黑大眼，與地主十分相似。她的雙手放在圍裙底下，大膽地直視地主，不停搖晃腦袋，開口問：「老爺，敢問您光臨杜特洛夫家，是爲了什麼事啊？」

「我想把地租給他，約三十俄畝[26]，再蓋一座農場；還有，我想找他合夥購買林場。既然他有錢，何必白白放著呢？奶媽，你看我這主意如何？」

「自然是好主意，老爺。大家都知道，杜特洛夫一家精明能幹，大概是全領地最富有的農民了。」奶媽搖頭晃腦回答：「去年他自己買木材擴建房子，也沒過來麻煩老爺；他也有不少馬，扣除幼駒和小馬，總計還有十八匹馬；至於牛羊牲口，從田野裡趕回來時，他家女人全得上街幫忙，數量多到把大門都給堵住了；他們還養了至少兩百箱蜜蜂。杜特洛夫很能幹，想必是有錢的。」

「你認為他很有錢嗎？」地主問。

「大家都說老頭子很有錢，當然，也可能是出於嫉妒。他本人從沒提過，也不曾向兒子公開，不過肯定是有錢的。他為何不經營一塊林場呢？不就是怕他有錢的名聲會傳出去。五年前，他和旅舍老闆施卡利克合夥經營牧場，也不知是施卡利克欺騙他，還是因為其他緣故，老頭子賠了三百盧布，從此不幹了。」

奶媽繼續說：「親愛的老爺，他們若不如此勤奮，怎麼會有錢？他們是大家庭，領有三份地，每個成員都勤於工作。老頭子本人，說句實在話，確實是個厲害的家主。他處處走運，可真教人驚訝——無論種田、牧馬、養家畜甚至是養蜂，全都十分順利。還有他那幾個兒子也相當爭氣，現在全都成親了。原先他從我們這些人家[27]當中挑媳婦，現在給小兒子伊利亞娶了個自由民，還是他親自出錢贖回來的。那女孩也是個好媳婦哪。」

26 一俄畝約一．〇九公頃。
27 指農奴身分。

「他們一家人感情和睦嗎？」地主問。

「只要有位厲害的當家，一家子就能和睦安樂。就拿杜特洛夫家來說，妯娌間難免有些爭吵，可那是女人家的事；在老頭子看管下，幾個兒子處得還是相當不錯。」

奶媽沉默一會，又道：「聽說，老頭子近來有意讓長子卡爾普當家。說是自己老了，只能養養蜜蜂。唔，卡爾普認眞本分，是個好人，可論起當家手腕，那就遠不及老頭子了。他沒有老頭子那麼精明。」

「如此說來，卡爾普或許願意經營農場與林場囉？奶媽你認爲呢？」地主問，希望從奶媽口中探聽到隔壁鄰居的消息。

「那可未必，老爺。」奶媽繼續說：「老頭子從未向兒子公布財產。只要他還活著，金錢就掌握在他手裡，也就是說，家中經濟依然由老頭子作主，幾個兒子主要是趕車載客和送貨。」

「你覺得老頭子不會同意嗎？」

「他不敢這麼做。」

「爲何不敢？」

「老爺啊，我們這些農民怎敢向地主公開自己的財產？身分地位不平等，一個不好，所有錢都沒了！先前他和旅舍老闆合夥就吃了虧。他要上哪打官司？只能白白損失一筆錢。若是跟地主合夥，那就徹底完蛋了。」

「噢，原來如此……」涅赫留朵夫紅著臉說：「那我先走了，奶媽，再見。」

「再見，親愛的老爺，我們由衷感激您。」

14

「要不要回家呢？」涅赫留朵夫想。他走到杜特洛夫家門口。忽然產生一股莫名憂鬱和精神上的疲憊。

就在這時，兩扇嶄新的木板門吱呀一聲開了，一名十八歲左右的金髮青年走出來。他相貌英俊、氣色紅潤，身穿驛站車夫制服，牽著三匹汗水淋漓、鬃毛蓬亂、腿力強健的馬。看見地主，他旋即甩甩頭髮，鞠躬行禮。

「伊利亞，你父親在家嗎？」涅赫留朵夫問。

「他在院子後面的養蜂場。」伊利亞回答，同時將馬兒一匹接一匹，牽出半開的大門。

「不行，我要沉住氣，盡力說服他，讓他聽從我的計畫。」涅赫留朵夫想，待馬出來後，走進杜特洛夫家寬敞的庭院。

顯然，裡頭前不久才運走肥料，地面依然又黑又濕，尤其是大門附近，散落好幾個紅色纖維糞塊。院內高大的棚架下，整齊擺放許多拉車、木犁、雪橇、木把、木桶與其他農具；幾隻鴿子咕咕叫著，穿梭在寬厚牢固的橫樑陰影間，空氣飄散著肥料與焦油的臭味。卡爾普與伊格納特正在其中一處角落，爲一輛大型三駕鐵皮馬車換新座墊。

杜特洛夫的三個兒子長得都很相似：涅赫留朵夫在大門口遇見的是小兒子伊利亞，他沒有蓄鬍，身材比兩個哥哥要矮一些，氣色也較爲紅潤，穿戴得更好看。老二伊格納特個子較高，膚色黝黑，留著一撮尖尖的山羊鬍，頭戴一頂羔羊皮帽，身上同樣穿著驛站車夫的制式襯衫與長靴，卻沒有弟弟那種瀟灑開朗的英姿。老大卡爾普長得最高，他身穿一件灰色長袍，內裡的襯衣樸素無鑲邊綴飾，腳上套著一雙草鞋；他蓄著紅褐色的絡腮鬍，神情嚴肅而陰鬱。

「公爵老爺，請問您是來找我父親的嗎？」卡爾普走到地主身邊問道。他略略彎身，笨拙地行了個鞠躬禮。

「不，我待會自己去養蜂場找他，看看他蓋得怎麼樣。不過，我有些事想跟你單獨談談。」涅赫留朵夫邊說，邊走到院子另一端，如此一來，伊格納特便聽不見他們的對話。

兩位農民的舉止作派皆透著一股倨傲自信，加上奶媽先前那番話，年輕地主感到很不自在，難以決定是否要同他們談論自己的計畫。他感覺自己似乎在做什麼錯事，還是單獨告訴其中一名兄弟就好，心情也比較輕鬆。卡爾普雖覺得奇怪，不知地主爲何要帶他到院子另一端，可依然跟在他身後。

「是這樣的，我想問問你。」涅赫留朵夫支支吾吾開口：「你們是不是養了很多匹馬？」

「我們有十五匹馬，能配成五套三駕馬車，另外還有幾匹幼駒。」卡爾普抓抓後背，直率回答。

「那麼，你兩個弟弟都在當驛車夫嗎？」

「我們共駕駛三輛驛車，伊柳什卡[28]偶爾自行拉客，他這才剛回來。」

「如何？這一行好賺嗎？你們能賺到多少錢？」

「公爵老爺，這能賺多少錢呢？能養活自己與馬匹就謝天謝地了。」

「你們爲何不經營其他事業呢？比方說，買塊林場或租塊田地。」

「公爵老爺，若有合適機會，當然可以租塊田地。」

「我正想提議這件事：你們從事趕車只能勉強餬口，不如跟我租塊三十俄畝的地來種植作物。我在薩波夫一帶有塊三角地，我願意租給你們，你們可以經營一座大農場。」

涅赫留朵夫一心想辦農場，經過反覆思量，他毫不猶豫地將自己的計畫告訴農民。

卡爾普十分專心地聆聽。

涅赫留朵夫說完，靜下來看著卡爾普，等待他的答覆。

「我們無比感激您的仁慈，老爺。」他說：「這提議當然沒有壞處。對農民而言，種地總好過

28 Илюшенька（Ilyushenka），伊利亞（Илья́, Ilya）的小名與暱稱。

拿鞭子趕車。像我們這樣來往於陌生人間，見識過形形色色的人，很容易學壞。身爲農民有地可種，是再好不過了。」

「你怎麼想呢？」

「父親依然健在，我能有什麼想法？公爵老爺，得由他作主。」

「你帶我去養蜂場，我跟他談談。」

「這邊請。」卡爾普說，緩緩朝棚架後方走去。他打開通往養蜂場的低矮柵門，讓地主通過，再關上門，回到伊格納特身邊，默默繼續先前中斷的工作。

15

涅赫留朵夫彎著身子，穿過遮簷下的低矮柵門，來到庭院後方的養蜂場。

六月炎熱的陽光灑滿整座養蜂場，這裡面積不大，四周環繞著麥桿編成的鬆散籬笆；空地裡對稱擺放著一排排木板釘成的蜂箱，金色蜜蜂在旁嗡嗡飛舞。柵門口有一條踩踏出來的小徑，通往空地中央的木製神龕；神龕裡有一尊鑲了金箔的聖像，在陽光照射下熠熠生輝。這裡栽有幾棵挺拔茂盛的年輕椴樹[29]，樹梢尖端超出了鄰居的茅草屋頂，深綠色的鮮嫩樹葉迎風搖曳發出沙沙聲響，與蜜蜂的嗡嗡聲互爲伴奏。籬笆、樹木與蜂箱的黑色陰影，交織投射在蜂箱間的茂密草叢。

椴樹中間有座新鋪上乾草的小木棚，門前站了一個中等身材、頭髮花白的老人，他彎著腰，光禿的頭頂在陽光下閃閃發亮。聽見柵門開啓的聲響，老人回過頭來，用襯衣前襟擦擦汗濕的黝黑臉龐，揚起歡欣和藹的笑容，朝地主走去。

養蜂場是如此明亮舒適、寧靜喜樂，老人頭髮花白、眼周皺紋密布，腳上套了一雙寬大鞋子，帶著洋洋自得的和煦笑容，大搖大擺走來，在自己的專屬領地歡迎地主。他的神情是如此樸實、和藹，涅赫留朵夫瞬間便忘卻了今日上午發生的種種難堪印象，腦中又生動浮現他那美好理想，彷彿看見自己底下的農民個個都像杜特洛夫一樣富裕、善良，朝他揚起親切喜悅的笑容，因爲他帶給他們財富與幸福。

「公爵老爺，您要不要戴上網罩？蜜蜂現在很兇，會螫人的。」老人說，從籬笆上取下一張散發蜜香的骯髒麻布網袋，遞給涅赫留朵夫。「蜜蜂認得我，不會螫我。」他補充道，英俊黝黑的臉上始終掛著溫和笑容。

「那我也不需要。蜜蜂在分群[30]對吧？」涅赫留朵夫問，不知爲何也跟著笑起來。

29 一種落葉喬木，又稱洋菩提，僅分布在北半球，樹體多汁，容易吸引蚜蟲與蜜蜂產蜜。

30 又稱分蜂。是蜜蜂自然繁衍的本能，多發生在春季。發生分群時，原有蜂王連同半數工蜂離巢，另建新巢，原有蜂巢則留給新蜂王，形成新的蜂群。

「親愛的狄米特里・米可拉伊奇老爺，」老人回答時，特意連名帶父名[31]稱呼地主，顯得十分親切。「若是分群，這也才剛剛開始。您也曉得，今年春天比較冷。」

「我在一本書上讀過，」涅赫留朵夫說，揮手驅趕在他髮間與耳邊嗡嗡飛舞的蜜蜂。「若是巢脾[32]豎立在木杆上，那蜜蜂分群就早。因此蜂箱要用木板製作，插入橫木……」

「老爺，您別用手揮趕，這樣更糟。」老人說：「您眞的不戴網罩嗎？」

涅赫留朵夫被蜜蜂螫得很痛，可爲了自尊心，他幼稚地不願承認。他再次拒絕使用網罩，繼續告訴老人他在《農場百科全書》上讀到的蜂箱構造，並認爲按書中作法，蜜蜂可進行兩次以上的分群……可這時，又有一隻蜜蜂叮了他的脖子，他痛得中斷講述。

「是啊，狄米特里・米可拉伊奇老爺。」老人看著地主，以慈父般的寬厚態度說：「書上確實是這麼寫的，可有時書裡寫的內容並不正確。這些作家會說，讓讀者照我們寫的方式去做，之後我們就能嘲笑他們了——就是有這種事！人類怎麼可能教導蜜蜂該在何處築巢？蜂群自己會在箱內隨意築巢，一會直一會橫。老爺，您瞧。」他從身邊的蜂箱抽出一張彎曲巢脾，觀望巢房孔——裡頭爬滿蜜蜂，發出嗡嗡聲響。「這是一窩新蜂，您瞧，上頭就是蜂王，蜂群就是偏向一側直向築巢，認爲這樣最合適。」老人顯然沉醉於他所熱愛的事物，而未注意到地主的窘境。

「今天蜜蜂足部都沾了蜜，天氣暖和，看得很清楚。」老人補充道，關上蜂箱，用抹布壓住一隻爬行的蜜蜂，粗糙的手掌又從皺巴巴的後頸抓出幾隻蜜蜂。蜜蜂沒有螫老人，然而涅赫留朵夫已經受不了了，幾乎想逃離養蜂場；蜜蜂已經螫了他三處，並且圍繞他的頭頸嗡嗡亂飛。

「你養了很多蜜蜂嗎？」涅赫留朵夫問，同時往柵門退去。

「都是上帝賜予的。」杜特洛夫笑著回答：「親愛的老爺，可別計算蜜蜂的數量，牠們可不喜歡。對了，公爵老爺，有件事想請求您。」他指著籬笆旁邊幾個空箱子，繼續說：「就是歐辛——你奶媽的丈夫，希望您告訴他：大家都住在同一座村裡，這樣對待鄰居可不厚道。」

「他做了什麼壞事？……噢，眞是的，蜜蜂又螫我！」涅赫留朵夫抓著柵門門把說。

「哼，他每年都把自己的蜂箱放在我的新蜂旁邊。新蜂需要休養增殖，可他的蜜蜂卻飛來我的蜂箱偷蜜。」老人說，絲毫沒注意到地主的古怪動作。

「好，之後再說，現在……」涅赫留朵夫再也忍不住了，揮舞雙手，朝門外拔腿狂奔。

老人跟著地主走進院子裡，說：「抹抹泥土就好了，不要緊。」

31俄羅斯人姓名一般由三節組成，以本文主角姓名爲例：狄米特里·米可拉伊奇·涅赫留朵夫——狄米特里爲本人名字，米可拉伊奇爲父親名字，涅赫留朵夫爲姓氏。稱呼方面，一般口頭稱呼對方姓氏，或只稱名。如爲表示客氣和尊敬，則稱名字與父名。

32巢脾是蜂巢主體，由許多六角形巢房組成，是蜜蜂棲息、繁衍、儲食的場所。巢脾的數量和品質，會影響蜜蜂的繁殖速度、生產能力及蜂群活動，因此人工養蜂需定期更換巢脾。

涅赫留朵夫滿面通紅，用泥土塗抹蜜蜂螫過的地方，同時迅速掃了一眼卡爾普與伊格納特。兩人都沒看他，於是他氣呼呼地沉下臉。

16

「公爵老爺，我有事想請求您，這事與我孩子有關……」老人說，似乎沒注意到地主難看的臉色，也或許是真的沒有察覺。

「什麼事？」

「……也跟那些馬匹有關。感謝上帝，我們養得還不錯。我們僱了一位農工，也從未耽誤勞役工作。」

「究竟是什麼事？」

「若是老爺能夠開恩，免除孩子的勞役，那麼伊格納特和伊柳什卡這個夏天就能趕三輛馬車去攬客送貨，或許能多賺點錢回來。」

「他們都跑哪裡？」

「這要看情況。」伊利亞插嘴道。他此時已將馬匹栓到屋簷下，走到父親身旁，繼續說：「卡德明家的孩子趕了八輛馬車去羅緬河[33]，聽說，扣掉吃食不算，趕車來回就賺了三十盧布。我還聽說，奧德薩[34]的飼料也很便宜。」

「我正想和你們談這件事。」涅赫留朵夫轉身對老人說，想把話題順勢帶到農場上頭。「你說說，難道在外頭趕車會比在家種田更好嗎？」

「當然囉，公爵老爺。」伊利亞俐落地甩髮，再次插嘴：「待在家裡種田，連馬都養不起。」

「那麼，你一個夏天能賺多少呢？」

「自開春以來，飼料價格就很昂貴。我們送貨到基輔[35]，再從庫斯克[36]裝米糧運到莫斯科，賺的錢不僅餵飽自己與馬匹，還帶回十五盧布。」

「無論什麼工作，只要是正當行業，都沒有壞處。」涅赫留朵夫再次對老人說：「可我認爲，你們還能找點別的事情來做。趕車這種工作，就一個年輕小伙子駕著馬車四處跑，什麼樣的人都會碰上，說不定就學壞了。」他複述卡爾普的話。

「像我們這種農民，不去趕車還能做什麼呢？」老人反駁，面上依舊掛著和煦微笑。「趕車很

33 羅緬河（Romen），烏克蘭境內的一條河流，爲蘇拉河（Sula）的右支流，河畔有城鎮羅姆內（Romny）。
34 奧德薩（Одеса, Odesa），烏克蘭第三大城市。
35 基輔（Киев, Kyiv），今烏克蘭首都。西元一六八六至一九一七年間屬帝俄領土。
36 庫斯克（Курск, Kursk），俄羅斯的一座城市，西南部與烏克蘭接壤。

好，不僅自己吃得飽，還能餵養馬匹。至於變壞這回事，感謝上帝，我的孩子都不是第一年在外闖蕩了；我自己也趕過車，遇見的都是好人，從沒碰過什麼壞人。」

「你們在家不也有許多事情可做？比如種植作物與牧草……」

「這怎麼能比呢？公爵老爺！」伊利亞興奮地插嘴：「我們天生適合做這一行！我們熟知所有規矩，還有能力從事自己喜歡的工作。公爵老爺，我們幾個兄弟就是喜歡趕車！」

「公爵老爺，能否請您光臨我們的小屋？您還沒來過我們的新家呢。」老人深深一鞠躬，朝兒子使了個眼色。伊利亞快步跑向小屋，涅赫留朵夫則是與老人同行，尾隨他進屋。

17

進了屋裡，老人再度向地主鞠躬行禮，用衣服下襬擦拭上座板凳，笑著問道：「公爵老爺，請問我們該如何招待您？」

小屋內部潔白寬敞，裝有煙囪、床台與幾張木板床。簇新的白楊木尚未發黑，上頭的苔蘚才乾枯不久；地板與新造的木凳、床台仍未磨平。伊利亞的妻子年輕瘦削，鵝蛋臉上帶著若有所思的神情，她坐在床上，用腳踢動一只綁縛在長竿上、自天花板垂吊而下的搖籃：裡頭躺著一個嬰兒，手腳大張，閉著眼睛呼呼熟睡。

另一位身材結實、臉色紅潤的農婦是卡爾普的妻子，她站在爐灶前，高高挽起袖子，露出黝黑的強壯手臂，剁碎洋蔥放入木碗；爐邊站著另一名滿臉雀斑的孕婦，用衣袖遮住臉。屋裡除了溫暖的陽光，還瀰漫著爐火的熱氣與剛出爐的麵包香氣。床台上有一男一女兩個小孩，都有一頭金髮；他們爬上床台等待午飯，同時低下頭來好奇地打量地主。

眼前這幕富足光景，令涅赫留朵夫深感歡喜，可面對婦人與孩子們的視線，不知爲何他又覺得有些不好意思，紅著臉在板凳上坐下。

「我喜歡剛出爐的麵包，來一塊吧。」他說，臉脹得更紅了。

卡爾普的妻子切了一大塊麵包，放在盤子裡遞給他。涅赫留朵夫沉默不語，不知該說什麼，婦人同樣不吭聲，老人仍掛著和煦笑容。

「我爲何要感到害臊呢？好像犯了什麼錯似的。」涅赫留朵夫心想：「我爲何不提農場的事呢？眞是太笨了！」可他依然不發一語。

「親愛的狄米特里．米可拉伊奇老爺，關於我的孩子，您有什麼吩咐嗎？」老人問。

「我是想建議你，別讓他們出去趕車，就在這裡找份工作吧。」涅赫留朵夫忽然鼓起勇氣，開口：「我給你出個主意，我們合資購買一塊國有林場，還有土地……」

老人臉上的和藹笑容突然消失了。

「公爵老爺，這怎麼可能？我們哪有錢買地呢？」老人打斷地主的話。

「只買一小片林場，大概兩百盧布左右。」涅赫留朵夫說。

老人生氣地冷笑一聲。

「是啊，若是有錢，我幹嘛不買？」他說。

「難道你連這點錢都沒有？」地主責備道。

「唉，親愛的老爺啊！」老人望向門口，語帶憂愁：「我的錢只夠養家餬口，哪裡買得起林場？」

「你明明就有錢，爲何不拿出來用？」涅赫留朵夫堅持道。

老人忽然激動起來，眼睛閃著光芒，雙肩不住抖動。

「或許，有壞人在我背後造謠。」他顫聲道：「請您相信上帝！」他雙眼直視聖像，越說越激動：「除了伊柳什卡帶回來的十五盧布，我若還有多餘閒錢，就叫我瞎了雙眼、當場斃命！……老爺您自己也知道，我才蓋了這棟房子，還要繳人頭稅……」

「嗯，好了，好了！」地主站起身來。「當家的，再會。」

18

「天哪！天哪！」涅赫留朵夫心想，沿著濃蔭密布的小徑，穿過雜草叢生的花園，大步朝家裡走。一路上，他漫不經心地拔著枝葉，暗自思量：「莫非我理想中的生活目標與神聖義務盡是一堆謊言？我為何如此沉重、憂傷，對自己感到不滿？我原以為，既找到這條人生道路，我將永遠心滿意足，一如這個念頭產生的初始。」於是他腦中無比清楚、生動地浮現，一年前那段幸福時刻。

那天他起了個大早（也是全家第一個起床的人），內心無比焦躁，帶著一股壓抑、不可名狀的少年情懷，漫無目的地走進花園，又信步晃進樹林裡。在一派寧靜卻生機盎然的五月美景中，他獨自徘徊良久，思緒一片空白，全身上下洋溢豐沛情感卻又無處宣洩。

一會兒，他少年懷春，著魔地想像起女人銷魂的肉體，似乎覺得這就是他無法表達的欲望；然而，另一種更為高尚的情感向他訴說：**不對**。促使他尋求其它的可能。一會兒，他那缺乏經驗又充滿激情的思想越升越高，直達抽象境界，彷彿向他開示了生命法則，他便洋洋自得地停留在這些思想裡。然而，高尚的情感再次對他說：**不對**。使他變得焦慮不安，重新追求其它可能。

經歷這番強烈緊張的心理活動，涅赫留朵夫失去所有想法和欲望，他躺在樹下，望著清晨的薄雲飄揚在無邊無際的藍天中。忽然，他毫無緣由地流下淚來，上帝指引他某條明路，使他產生一種清晰思想，全副心靈沉浸其中——愛與善即為眞理與幸福，也是世上唯一的眞理與幸福的可能。他喜悅地抓住這股思想，而這一回，高尚的情感並未說：**不對**。他挺起身子，開始審視這個思想。

「沒錯，沒錯，就是這樣！」涅赫留朵夫欣喜若狂、自言自語，以此衡量先前種種信念與生活事物，認為這股思想確實是種全新眞理。「過去我所知、所信、所愛的一切是多麼愚蠢啊！」他告訴自己：「愛與自我奉獻才是唯一超脫世俗的眞實幸福。」他複誦道，笑著揮舞雙手。他將這股思想多方對應於生活層面，證實其對生活的影響，同時內在聲音告訴他：**這就對了**。他感受到一股陌生的喜悅狂潮。「總之，爲了獲得幸福，我應該要行善。」他心想，呈現在他眼前的未來藍圖已不再是一片抽象，而是鮮明的地主莊園生活型態。

他的眼前一片開闊，看見自己終生奉獻於慈善事業，並因此獲得幸福。他不需要向外尋求，眼下已有一處現成所在——他有責任義務照顧手底下的農奴，這是一項多麼愉快且大有可爲的工作。「我要運用所學去影響這群單純樸實、容易教化的農民，使他們脫離貧窮、獲得教育與富足的生活。我要糾正他們因無知迷信所產生的陋習，培養他們的品德操守，使其熱心向善……未來多麼幸福光明啊！這一切全操之在我，我將爲個人幸福這麼做。我會喜悅地接受他們的感激，也將日益接近既定目標——多麼美好的前景啊！我先前怎麼都沒想到呢？」

這時他又想：「此外，誰能阻止我領略戀愛的幸福與家庭生活的美滿呢？」於是年輕人的想像力又爲他描繪了一幅更加迷人的未來：「我與愛妻——天底下無人能同我這般愛得專一、熱烈——我們會帶著孩子，或者加上老姑媽，永遠住在恬靜詩意的自然鄉間。我們不僅相互敬愛，也疼愛自己的孩子，並且知道我們的使命就是行善，互相扶持達成目標。我負責統籌指揮，置辦農場、作坊與儲蓄銀行，公平無私地幫助衆人；而她，則頂著一張美麗臉蛋，身著簡樸的白洋裝，露出纖纖玉足，腳踏泥地前往農民小學或醫院，去照顧那些——其實是不值得幫助的——不幸農民，並四處安慰、協助他人……無論男女老幼，個個都崇敬她，將她視爲天使、上帝。而後她回到家，隱瞞自己曾去拜訪受苦的農民並給予金援一事，可我全都知曉，並緊緊擁抱她，熱情而溫柔地親吻她的迷人雙眸、羞紅雙頰與含笑櫻唇……」

19

「這些理想如今何在？」年輕的地主結束探訪，一邊走向自己的家，一邊在心裡想。「我在這條道路上追尋幸福已經一年多了，可我找到了什麼？確實，有些時候，我或許產生一種滿足感，可這種感受屬於理性層面並且枯燥乏味——不，其實我對自己深感不滿！我不滿，是因爲我在此處並未找到幸福，卻又強烈渴望幸福；我並未感受到快樂，且與所有歡樂事物絕緣。爲什麼呢？這麼做是爲了什麼？有誰因此受惠嗎？姑媽信裡說得對，爲個人謀幸福比爲他人謀幸福要簡單得多。難道我的農民變得富有了嗎？他們的教育程度或品行操守提升了嗎？一點也沒有。他們的生活絲毫沒有改善，我也每況愈下，越來越痛苦。我若能看到志業成功，或是得到農民的感激也就罷了……可是不然，我所見的盡是虛假的陳規陋習、人們相互猜忌與束手無策的窘境。我白白浪費了生命中最好的年華！」

涅赫留朵夫忽然想起奶媽曾經告訴他，街坊鄰居都稱他傻大爺：因爲他的帳房已經沒有半毛錢了，還有那天他在大庭廣衆之下，於打穀棚首度啓用他新發明的脫粒機[37]，可機器僅發出聲響，並未打出半顆穀粒，農民全都哈哈大笑。他每天都在擔心地方法院會派人來登記他的產業，因爲他熱中經營各種新事業，卻逾期未付貸款。

驀地，就如同先前回想起林中散步與地主生活理想那般，他又鮮明地想起莫斯科的學校生活：他與十六歲的同學兼摯友在宿舍坐到深夜，憑著一盞燭光，接連五小時反覆閱讀枯燥的民法筆記；結束後他們派人去取晚餐，兩人共享一瓶香檳，邊喝邊談論他們的前途——在年輕大學生的想像中，未來完全是另一副模樣！那時他們認爲未來充滿歡樂、光輝與各種形式的成就，他倆無疑能獲得至高無上的幸福——至少當時他們如此以爲——也就是聲名榮譽。

「他已經沿著這條路飛黃騰達，可我呢？……」涅赫留朵夫想到他的朋友，不過，這時他已接近家門，門廊下站著十個僕人與農民，帶著各式各樣的問題等待地主裁決，他不得不收起思緒，回歸現實。

一名衣衫襤褸、披頭散髮、渾身是血的農婦，哭訴公公要殺了她；一對兄弟分家分了兩年，依然糾紛不斷，滿懷憤恨瞪視對方；一個鬍子蓬亂、頭髮花白的老僕人，由於酗酒雙手不停發抖，他兒子是個花匠，特意把老父帶到地主面前，控訴他行爲不檢；還有一個農民，他把自己的老婆趕出家門，因爲她一整個春天都不工作；而他生病的妻子也來了，不發一語，只是嚶嚶哭泣，坐在門廊邊的草地上，露出一條用骯髒破布胡亂包紮的腫脹小腿……

涅赫留朵夫聽完所有問題與申訴，給其中幾人提了建議，幫另外幾人排解糾紛，又答應了其餘幾人的要求。他感到疲憊、羞愧、無能、悔恨，懷著這種錯綜複雜的情緒走進屋內。

20

涅赫留朵夫的房間並不大，裡頭擺著一張老舊的銅釘皮革長沙發、幾張相同款式的扶手椅，一張桌邊包著銅皮、帶有幾處凹痕、可伸縮的古典波士頓牌桌——上頭放了一些文件。房內還有一架古老發黃的英國三角鋼琴——琴蓋開啓，露出裡頭磨損、凹陷的狹小琴鍵；窗間掛著一面鍍有雕花金框的老式大鏡子，桌邊的地板堆著紙張、書籍與帳簿。整個房間顯得雜亂無章、毫無特色，與大宅中其他房間刻板的古典貴族陳設形成強烈、鮮明對比。

涅赫留朵夫氣呼呼地把帽子往桌上一丟，挑了張面對鋼琴的扶手椅坐下，翹起二郎腿，沮喪地垂下頭來。

「公爵老爺，您要用早餐嗎？」這時，老保姆走進房間問道。她又高又瘦、滿臉皺紋，頭戴髮

37 糧食作物的收割機械，能將農作物的籽粒與莖稈分離。

帽，身穿印花洋裝，還包著一條大圍巾。

涅赫留朵夫回頭望了她一眼，沉默了一會，彷彿剛回過神來。

「不了，保姆，我不想吃。」他回答，又陷入沉思之中。

保姆生氣地對他搖搖頭，嘆口氣說：「唉，親愛的狄米特里少爺，您在煩惱什麼？不管多苦，事情總會過去的，真的……」

「我沒有煩惱，你怎麼會這麼說呢？瑪拉妮亞嬤嬤。」涅赫留朵夫回答，臉上強撐起笑容。

「難道我會看不出來您有心事？」保姆激動地說：「您一天到晚都是孤零零一個人，什麼事都藏心裡，凡事親力親爲，又幾乎不吃東西，這怎麼行？您年紀輕輕，偶爾也該去城裡走走，拜訪一下鄰居朋友，怎麼可以如此消沉？是不是這個道理？少爺請恕罪，我坐下來說。」保姆坐在門邊的椅子，繼續道：「您太縱容那些人了，他們才會毫無顧忌。地主老爺不是這麼當的，這樣一點好處也沒有，不只害了您自己，也會慣壞底下的百姓。我們這裡的百姓就是這樣，他們無法理解您的作法，真的，您就是去看看姑媽也好啊，她信裡寫得對……」保姆對他叨念。

涅赫留朵夫越來越鬱悶，他右肘支在膝上，無精打采地抬手碰觸琴鍵，彈出一組又一組和弦……他湊近鋼琴，左手從口袋裡伸出，開始彈奏起來。涅赫留朵夫曲子彈得不甚熟練，甚至彈錯了幾個音，技巧平庸，沒有絲毫音樂天分，可是彈琴使他感到愉悅，得以抒發莫名的愁緒。每次改變和聲，他都會屏氣靜待，看自己會彈出什麼音，再含混地運用想像力補充不足之處；他彷彿聽見無數旋律，有合唱也有樂團搭配他的和聲進行演奏。

彈琴使涅赫留朵夫愉悅的主因在於增強了他的想像力，儘管這種幻想斷斷續續、毫不連貫，此刻卻異常清晰地向他展現過往與未來、形形色色、混亂荒謬的場景和畫面：一會兒，他腦中浮現白子達維德肥胖的身軀——當他看見母親青筋暴突的黝黑拳頭，嚇得眨動雪白睫毛的情景；還有他那圓胖的背部與覆蓋白色汗毛的雙臂，以一種順服的姿態忍受貧窮生活，回應命運對他的折磨。一會兒，涅赫留朵夫又看見性格爽利的奶媽特立於家僕中，莫名想像她在村子裡到處鼓吹農民，有關錢財之事必須隱瞞地主，而他無意識地喃喃自語，一再重複：「對，有關錢財之事必須隱瞞地主。」

一會兒，他想像中的褐髮未婚妻出現在他面前，不知何故雙眸含淚，無比悲傷地將頭靠上他的肩膀；一會兒，他又看見楚里先諾科那雙慈祥的藍眼睛，溫柔凝望著腹部凸起的獨子，是啊，在楚里先諾科眼中，他不僅是血脈相連的親兒，還是幫手與救星。「這就是愛！」涅赫留朵夫喃喃道。然後他想起尤赫凡卡的母親，儘管她又老又醜還突出一顆門牙，可他依然注意到她臉上那副逆來順受的寬容神情。「或許，在她七十年的生命歲月裡，我是首位發現這一面的人。」他一邊想，一邊喃喃自語：「真怪啊！」繼續漫不經心地觸碰琴鍵、聆聽琴聲。

接著，涅赫留朵夫又鮮明回想起自己逃離養蜂場的糗樣，以及卡爾普與伊格納特的表情，他倆明明想笑，卻又裝作沒看到。他脹紅了臉，下意識回頭望了保姆一眼，她仍坐在門邊沉默不語，專注地盯著他，不時搖搖花白腦袋。

忽然，涅赫留朵夫眼前出現三匹汗水淋漓的駿馬與伊利亞的健美身姿：他有一頭金色鬈髮，狹長的藍眸閃爍喜悅光芒，臉頰紅潤鮮嫩，嘴唇與下頷剛冒出淡淡的金色鬍髭。涅赫留朵夫想起伊利亞是如何擔心自己不能繼續趕車，又是如何熱切爲自己喜愛的工作辯護。他彷彿看見霧濛濛的灰色清晨，又濕又滑的道路與排成長列、車身漆有巨大黑色字母的三駕馬車，上頭高高疊滿貨物並覆蓋草蓆。身強腿健的駿馬弓起背、繃緊繩索、振響鈴鐺，馬蹄鐵上的倒刺緊緊附著於濕滑的泥地，同心協力拉車奔上山坡；對向另有一隊驛車疾駛下坡，銅鈴叮噹作響，聲音響徹遠方，道路兩旁的樹林都爲之震動。

領頭的驛站車夫頭戴一頂嵌有號碼牌[38]的羔羊皮帽，鞭子高高舉到頭頂，以稚嫩的聲音大喊：

「駕！」

紅鬍子卡爾普眼神陰鬱，腳穿一雙大皮靴，邁出沉重的步伐，靠著第一輛馬車的前輪行走；伊利亞漂亮的腦袋從第二輛車探出來，他坐在前座，上方有草蓆遮蔭，愜意地迎接朝霞升起；三輛裝滿行李的三駕馬車——輪子軋軋作響、銅鈴叮叮噹噹，加上車夫的吆喝聲——在路上疾馳而過。伊利亞又把頭縮進草蓆內，打起了瞌睡。

這是一個晴朗暖和的夜晚，幾輛三駕馬車聚集在驛舍院子裡，前方的木板大門嘎吱作響，滿載行李的馬車一輛接一輛，踩著門內鋪設的木板，駛進寬敞的遮棚內。伊利亞愉快地向臉蛋白淨、胸脯寬大的女主人打招呼，她問：「你從很遠的地方來嗎？晚餐要吃多少？」明亮迷人的雙眸滿意地瞅著這位英俊的小伙子。伊利亞安頓好馬匹，走進擠滿人群的溫暖小屋，畫了個十字，在桌邊坐下，面前放了一只盛滿食物的木碗，他快樂地與同伴還有女主人閒聊起來。

當晚，他就在遮棚下過夜，睡在芬芳的乾草堆上，放眼望去是一片繁星密布的遼闊天空。他的身旁就是馬匹，不停踩動四蹄、噴出鼻息，翻動木槽裡的飼料。伊利亞爬上乾草堆，轉向東方，在自己寬闊強壯的胸前連續畫了三十遍十字，甩甩金色鬈髮，默念「天父啊」和二十遍「上帝保佑」，然後，這個年輕力壯的小伙子就用厚呢長大衣[39]蒙住頭，進入無憂無慮的夢鄉。

夢裡，他看見自己來到充滿聖徒與朝聖者的基輔，又去了擠滿商人與貨物的羅緬河；他看見奧德薩與遠方的蔚藍大海，海面綴有點點白帆，然後他鼓動無形的翅膀飛往皇城[40]——那裡的屋宇金碧輝煌，還有眉毛濃黑、胸脯白皙的土耳其女郎。他逍遙自在、越飛越遠——看見下方金碧輝煌的城市、繁星閃爍的藍天與白帆點點的碧海——他優遊自在、越飛越遠……

「多美好啊！」涅赫留朵夫喃喃自語，心想：「我為何不能像伊利亞一樣……」

38 一塊刻有數字的金屬牌，為車夫編號。
39 原文為 армяк，一種以粗糙羊毛製成的長大衣，形似浴袍。在十九世紀俄國主要為馬車夫和農民的常見衣著，也是俄羅斯下層階級的象徵。
40 古俄對君士坦丁堡的舊稱，即現在的伊斯坦堡。

艾伯特

1858

Альберт

1

凌晨兩點多，五名富裕青年來到彼得堡一場小型舞會尋歡作樂。

在場紳士大多爲年輕男子，女士們則個個貌美動人；衆人飽飲香檳，鋼琴與小提琴不厭其煩地演奏出一首接一首的波卡舞曲[1]，舞蹈與喧鬧毫無停歇。然而，每個人似乎都感到有些無聊、尷尬（這是常有的事），莫名覺得周遭的一切都不重要且毫無意義。

有幾次，他們試著提高興致，可這種強顏歡笑反而更加沉悶無趣。

其中一名青年，相較於其他四人，一整晚都對自己與旁人感到不滿。最後他懷著厭惡的情緒起身，找到帽子，打算悄悄離開。

前廳無人，可是隔壁房間傳來兩個人的爭執聲，青年停下腳步，仔細聆聽。

「不行，那裡有客人。」一個女人說。

「拜託，讓我進去吧，我沒事。」一個男人低聲懇求。

「沒有夫人允許，我不能讓您進去。」女人說：「您要去哪裡？唉，眞是的……」

門開了，門口出現一個樣貌古怪的男人。女僕看見外頭有客人，便不再攔阻，這個怪人便怯怯行了個鞠躬禮，邁開彎曲雙腿，搖搖晃晃走進前廳。

這人中等身材，體型瘦削還有點駝背，頭髮又長又亂。他身穿一件短襬大衣、一條破舊窄小的長褲，腳穿一雙骯髒的粗呢靴；修長潔白的脖頸上繫著一條捲得跟繩子似的領帶，骯髒的襯衫袖口底下是一雙枯瘦手掌。儘管他骨瘦如柴，臉部卻又白又嫩，透過稀疏的黑色絡腮鬍可以看見他的臉頰泛著紅潤色澤，一頭亂髮向後梳，露出異常光潔的低額；他那疲憊的深色眼眸，帶著溫柔、探詢與倨傲之色凝視前方，與稀疏鬍鬚下方微微勾起的紅唇相結合，顯得極有魅力。

他走了幾步又停下來，回頭朝青年微微一笑。他笑得好似有些勉強，可那抹笑容使他臉上多了些光采，青年也不禁報以微笑。

「這是誰啊？」當怪人走到樂聲悠揚的大廳，青年悄聲問女僕。

「一位劇院出身的瘋狂音樂家。」女僕答道：「他有時會來拜訪夫人。」

「傑列索夫，你去哪了？」這時大廳裡有人叫道。

名喚傑列索夫的青年於是回到大廳。

那名音樂家站在門邊，面帶微笑，一邊望著賓客翩翩起舞，一邊用腳打拍子，展現他的喜悅之情。

1 波卡舞曲（Polka）是捷克的民間舞蹈音樂，十九世紀中葉時風行全歐。此舞曲以男女對舞爲主，節奏快速活潑。

「您也過來跳舞吧！」一位賓客對他說。

音樂家行了個鞠躬禮，向女主人投去詢問的目光。

「去吧，去吧，人家都開口邀請你了。」女主人說。

音樂家忽然使勁擺動瘦弱的手腳，擠眉弄眼、滿面笑容，笨拙又彆扭地在大廳跳起舞來。場中有位很會跳舞的快樂軍官，卡德里爾舞[2]跳到一半，興致正濃，背部無意間撞到音樂家，他疲軟無力的雙腿因此失去平衡，踉踉蹌蹌朝旁邊跌了幾步，整個人重摔在地，發出巨大的撞擊悶響。霎時間，所有人都笑了。

可音樂家沒有爬起來。現場賓客都沉默了，鋼琴也停止演奏，傑列索夫與女主人率先跑到音樂家身邊。他倒在地上，用手臂支撐身體，呆呆地看著地面。別人把他扶起來，攙到椅子上坐下，他露出微笑，枯瘦手掌迅速將額前髮絲往後一撥，卻不回應旁人問話。

「艾伯特先生！艾伯特先生！您有沒有摔傷啊？傷到什麼部位？」女主人說：「唉，我就說他不應該跳舞，他身體太虛弱了。」她繼續告訴客人：「他連走路都吃力，何況是跳舞呢！」

「他是誰啊？」賓客問女主人。

「他是個貧窮的藝術家。如你們所見，他人很好，就是處境堪憐。」

女主人毫不客氣地當著音樂家的面直說。音樂家清醒過來，畏畏縮縮地蜷起身子，伸手推開周圍人群。

「我眞的沒事。」他忽然說，吃力地從椅子上起身。爲了證明自己安然無恙，他走到大廳中央，試圖蹦跳幾下，卻又失去重心，若不是有人扶住，他又要摔倒在地了。

衆人感到有些不自在，望著他沉默不語。音樂家的目光再次黯淡下來，他一手揉捏膝蓋，似乎忘記周遭人群存在。驀地，他又抬起頭，伸直打顫的腿，同先前那般粗野地將頭髮向後一撩，走到小提琴手跟前，一把拿走他的琴。

「我眞的沒事！」他又說了一遍，揮舞手中的琴。「諸位，我們來演奏一曲吧！」

「眞是個怪人！」賓客相互說道。

「這可憐人說不定很有才華。」其中一人說。

「是呀，可憐哪，眞可憐！」另一人說。

「他的臉龐多美啊！……他有一種與衆不同的氣質。」傑列索夫說：「讓我們瞧瞧……」

2

2卡德里爾舞（quadrille），源於法國的社交舞，十八到十九世紀間盛行於歐洲，今日方塊舞的前身。

此時，艾伯特不再注意任何人，他把小提琴放到肩上，慢悠悠地沿著鋼琴踱步，調整琴弦。他冷靜地抿唇，雙眼瞇得幾乎看不見；他那瘦削的背脊、白皙修長的脖頸、彎曲的雙腿與蓬亂黑髮依然古怪，可不知爲何人們不再覺得可笑。他調好琴弦，流暢地拉奏一組和弦，接著抬起頭來，面向準備幫他伴奏的鋼琴師，做了個命令手勢：「**C大調憂鬱曲！**[3]」

隨後，彷彿爲這命令手勢致歉般，艾伯特帶著溫和笑容環視眾人，用拿弓的手撩撩頭髮，停在鋼琴的一角前，姿態優美地拉起小提琴。大廳鴉雀無聲，只聞純淨和諧的琴聲。

繼第一個音符後，主題便自然美妙地流瀉出來，一股出乎意料的明亮、和煦光輝倏忽點亮所有聽眾的心。琴聲清晰優美、意蘊深長，沒有絲毫錯誤與誇飾破壞聽眾的聆賞；眾人靜默不語，滿懷期望地顫抖，聆聽樂章的開展。他們原本沉寂的心靈充斥著享樂的無聊情緒，卻在不知不覺間，轉換到一個遺忘許久、全然不同的新世界。

聽眾內心時而浮現對往事的平靜觀想，時而湧起對幸福的熱情追憶，時而產生對權力榮耀的無限渴望，時而又冒出愛情無果的惆悵無奈。那時而憂愁感傷、時而絕望掙扎的樂音優游自如地交織混和，又以如此優美無形、充滿感染力的方式逐一流瀉出來，聽眾傾聽的並非樂聲，而是一股他們早已知悉，此刻才首度展現的美妙洪流，詩意盎然注入他們心中。

艾伯特的形象隨著音符流瀉越趨高大，看起來不再畸形醜怪。他用下頷抵住小提琴，全神貫注地聆聽自己拉奏的樂曲，雙腿激烈抖動。他時而挺直身體、時而彎下腰來，左手一直保持同樣緊繃彎曲的姿勢，只有瘦骨嶙峋的指頭急促撥動琴弦；右手則流暢優雅、悄無聲息地拉動琴弓。他的臉龐持續散發熱情洋溢的喜悅光采，雙眼綻放冰冷明亮的光芒，鼻孔鼓起，鮮紅雙唇因愉悅而張開。

有時，他的頭俯靠到小提琴上，雙眼緊閉，頭髮半掩的臉龐露出怡然自得的微笑；有時，他會迅速挺直身體，跨出腳來，露出光潔前額，以炯炯有神的目光環視全廳，散發出一種高傲、莊嚴的氣勢。有一次，鋼琴師彈錯和弦，艾伯特的臉龐與全副身軀便流露出痛苦之色，他停頓一秒，孩子氣地跺腳，發狠叫道：「小調，C小調！[4]」鋼琴師修正錯誤，艾伯特便閉上眼睛，露出微笑，再度遺忘自己、遺忘旁人與全世界，如癡如醉地沉浸在自己的演奏中。

在艾伯特演奏時，廳內眾人屏息靜聽，好似完全徜徉於樂聲中。

那位快樂軍官動也不動地坐在窗邊椅子上，眼神茫然注視地板，呼吸沉重而緩慢；女士們皆靠牆而坐，一片靜默，偶爾交換一下帶著讚美的困惑眼神；女主人因爲歡喜，笑咪咪的圓臉顯得更加寬大；鋼琴師盯著艾伯特的臉，一副緊張兮兮、唯恐出錯的神態，竭力跟上他的演奏；其中一名客

3 原文爲德文 Melancholie C-dur!
4 原文爲德文 Mol, c-mol!

人喝了最多酒，趴在沙發上，努力克制自己不要移動，以免暴露內心的激動。

傑列索夫體會到一種非比尋常的情感，彷彿一只冰冷頭箍套在他頭上，忽緊忽鬆；髮根也產生了感覺，背脊由下而上掠過一陣寒顫。他的喉間有某種東西越升越高，鼻子與上顎如有針刺，淚水悄悄濡濕他的雙頰。他猛然一震，努力想要收住眼淚，他擦乾淚，可新的淚水又湧出來，順著臉頰滑落。

出於某種奇怪的聯想，艾伯特從琴聲伊始便將傑列索夫帶回他最初的年少時光。而今他這個有了點年紀、被生活折磨得疲憊不堪的人，忽然感覺自己又像一個十七歲少年，洋洋自得、天真傻氣，對自己擁有的幸福毫無所覺。他想起初戀情人——身穿粉紅色洋裝的表妹——兩人在椴樹小徑的初次告白；想起他們無意間接吻，那股熱情美妙的懵懂滋味，以及當時周遭景物散發的魔力與奧秘。回顧前塵往事，她在記憶的迷霧中閃爍，是縹緲的希望、莫名的慾念，與他深信無法實現的幸福。

當時那段珍貴歲月一幕接一幕浮現眼前，與現在這般轉瞬即逝的無趣時光不同，而是能夠留存、蔓延、加以省思的過往情景。他滿心歡喜地沉浸其中，並哭了出來——他哭泣，不是因爲本該善加利用的時光消逝遠去（即便時光倒流，他也不會更好地運用它），而是青春歲月一去不復返。回憶源源不絕浮現，而艾伯特的琴聲仍反覆訴說相同的話：「於你而言，充滿精力、戀愛與幸福的時期已經過去了，並且永不復返。哭吧，釋放所有淚水，爲逝去的時光流淚，在哀悼中死亡——這是你唯一留有的最大幸福。」

終章變奏曲將至尾聲，艾伯特的臉部脹紅，雙眼燃燒光芒，斗大的汗珠滑下臉頰，額頭青筋突起，全身擺動的幅度越來越大。他蒼白的嘴唇不再閉合，姿勢展現出對歡愉的熱烈渴望。

艾伯特猛地全身一震，將頭髮向後甩，放下小提琴，帶著一抹莊重自豪的幸福微笑掃視在場賓客。而後他又垂下頭來、閉緊雙唇、眼神黯淡、彎腰駝背，好似感到自慚形穢，怯怯環顧四周，跌跌撞撞走向另一個房間。

3

艾伯特演奏完畢，大廳一片死寂，在場賓客都產生一種奇異之感，人人都想開口描述，卻說不出個所以然來。明亮溫暖的大廳、豔光四射的女子、窗內的曙光、沸騰的熱血與消逝音符留下的純潔印象——究竟有何含意？然而，誰也不願有所表示，相反地，由於無法重返適才於他們眼前開展的新世界，幾乎人人都爲此感到憤慨不平。

「眞的，他演奏得太棒了！」軍官說。

「太驚人了！」傑列索夫回答，悄悄用衣袖擦乾雙頰。

「不過，各位先生女士，我們該走了。」趴在沙發上的客人情緒稍微平復了些，他說：「各位，我們應該給他一點東西，湊點錢給他吧。」

這時，艾伯特獨自坐在另一個房間的沙發上，雙肘支在瘦巴巴的膝蓋上方，兩隻出汗的雙手撫摸自己的臉，頭髮撥得亂蓬蓬，露出幸福微笑。

賓客湊了一大筆錢，傑列索夫負責交給艾伯特。

此外，傑列索夫從音樂中獲得了強烈的特殊印象，想爲這人做點好事。他想把人帶回家，供他吃穿、找份工作——總之，助他脫離這種卑微的處境。

「如何？您累了嗎？」傑列索夫走到他跟前問道。

艾伯特笑了笑。

「您確實很有才華，應該認眞從事音樂工作，舉行公演。」

「我想喝點東西。」艾伯特說，彷彿剛睡醒的樣子。

傑列索夫拿酒過來，艾伯特一口氣就喝了兩杯。

「眞是好酒！」他說。

「〈憂鬱曲〉眞是美妙的音樂！」傑列索夫說。

「噢！對啊，對啊！」艾伯特笑著說：「請見諒，我不知該如何稱呼閣下，您是伯爵？還是公爵？您能不能借我一點錢？」停頓一會，他又說：「……我是個窮人，一無所有。我無法還錢。」

傑列索夫臉紅了，他有點難爲情，連忙將湊來的錢交給音樂家。

「非常感謝您。」艾伯特說，一把抓過錢袋。「現在我們來演奏吧！您想聽多少曲子，我就爲您拉多少。不過我需要、喝、喝點東西。」他說，站起身來。

傑列索夫又幫他拿了酒，並讓他坐在自己身邊。

「請見諒，我要坦白告訴您，我很欣賞您的才華。」傑列索夫說：「我想，您的境況不太好，對嗎？」

艾伯特一會兒看看傑列索夫，一會兒又望望走進房間的女主人。

「如果您有任何需要，我很樂意爲您效勞。」傑列索夫繼續說：「如果您願意來寒舍住一段時間，我將深感歡喜。我一人獨居，或許能爲您幫上忙。」

艾伯特笑笑，沒回答。

「您怎不謝謝他呢？」女主人對艾伯特說完，轉向傑列索夫，不以爲然地搖頭，繼續道：「當然，您這樣是在做好事，可我不建議您這麼做。」

「非常感謝您。」艾伯特說，用汗濕的雙手握住傑列索夫的手。「現在讓我來演奏一曲。」

然而，其餘賓客已準備離開，無論艾伯特如何挽留，他們依然走向前廳。

艾伯特向女主人告別，戴上破舊的寬沿禮帽，再披一件單薄的舊斗篷（這就是他過冬的全副衣著），與傑列索夫一齊走到門廊。

當傑列索夫與這位新朋友一起坐上馬車，聞到他身上散發的難聞臭味與酒味時，他開始後悔自己的行爲，責備自己太過幼稚心軟、思慮不周。此外，艾伯特的言語也相當愚蠢庸俗，到了戶外又立刻露出醉酒醜態，令傑列索夫感到噁心。「我該拿他怎麼辦呢？」他想。

馬車走了一刻鐘，艾伯特便安靜下來，他的帽子掉在腳邊，整個人倒臥在馬車角落呼呼大睡。車輪輾過結凍雪地，發出單調的軋軋聲，黎明的微弱曙光穿透結霜車窗照進車廂。

傑列索夫回頭看向自己的同伴。艾伯特瘦長的身體蓋著斗篷，毫無生氣地躺在他身邊。傑列索夫以為，他那不斷晃動的長臉上長了個黑色大鼻子，近看才發現，他以為是鼻子與臉的部分原來是頭髮，眞正的臉部壓在下面。他彎下腰，這才看清艾伯特的相貌特徵，他的額頭與緊抿嘴唇透出的寧靜之美，又一次令他驚異。

傑列索夫徹夜未眠，又聽了美妙音樂，在疲勞影響下，他望著這張臉，再度回到凌晨窺見的歡樂世界，回想起幸福、放縱的年少時光，於是不再為自己的行為感到後悔。這一刻，他眞誠、熱切地喜愛艾伯特，並下定決心要為他做點好事。

4

隔天早上，傑列索夫被僕人喚醒，準備出門上班。他看著周圍的舊屏風、老僕人與小桌上的座鐘，奇異地感到不悅。「除了永遠環繞在我周遭的事物以外，我還想看到什麼呢？」他自問。這時他又想起音樂家那雙漆黑眼眸與幸福微笑，〈憂鬱曲〉的旋律與昨夜的奇特景象又浮現在他腦中。

然而，他沒有時間思考自己把音樂家帶回來一事究竟是好是壞。他一邊更衣，一邊在心裡安排今天的行程，拿起文件，向僕人吩咐幾句必辦的家務，便匆匆套上大衣與膠鞋。經過餐廳時，他朝裡面望一眼，艾伯特身上依然是那件破舊骯髒的襯衫，他把臉埋在枕頭裡，四肢攤開，睡死在皮沙發上（昨夜他醉得失去意識，給臨時安置的地方）。「這樣不太好。」傑列索夫不禁想。

「請你去找波留佐夫斯基先生，以我的名義跟他借小提琴，讓那音樂家用個一兩天。」他對僕人說：「等他醒來，給他喝杯咖啡，再拿我的內衣和舊衣給他換上。總之要好好招待他，麻煩你了。」

當天，傑列索夫很晚才回到家，並且驚訝地發現，艾伯特竟然不在。

「他去哪了？」他問僕人。

「吃完午餐他就出門了。」僕人回答：「拿起小提琴就走，說一小時後回來，可現在還沒看見人影。」

「唉、唉！真糟糕！」傑列索夫說：「札哈爾，你怎麼就讓他走了呢？」

札哈爾是傑列索夫在彼得堡的僕人，已經伺候他八年了。傑列索夫單身又沒有其他親人，常在不知不覺間告訴他自己的想法，也喜歡事事徵求他的意見。

「我怎麼敢攔著他呢？」札哈爾一邊撫弄懷錶上的刻印，一邊回答：「狄米特里．伊凡諾維奇，您若吩咐我把人留在家裡，我就照辦了。可您只叫我給他換衣服。」

「唉，眞是糟糕！那麼，我不在家，他都在做些什麼？」

札哈爾冷冷一笑。

「他可眞稱得上是個藝術家啊，狄米特里．伊凡諾維奇。剛睡醒就要喝馬德拉酒[5]，之後又一直跟廚娘與鄰居的男僕鬼混，眞是個可笑的傢伙……不過他的脾氣很好，我給他送茶、端飯，他就是不肯一個人吃，總邀我一塊用餐。至於小提琴，他拉得可眞好，這樣的音樂家就是在伊茲勒[6]那裡也很少見。這種人才可以留下來，他爲我們演奏了〈沿母河伏爾加河順流而下〉[7]，簡直就像眞人哀泣，眞是太美了！每層樓的鄰居都跑到我們家門廳來欣賞。」

「嗯，那你給他換衣服了嗎？」傑列索夫打斷他。

「當然囉，我把您的睡衣拿給他，還有我自己的大衣，都讓他給換上了。這樣的人確實應該幫助，他是個親切的好人。」札哈爾微笑道：「他一直追問我，您的官階多大？有沒有認識什麼達官貴人？以及擁有多少農奴？」

「嗯，好了，現在我們得先把人找回來，之後別再給他喝酒了，不然對他更糟。」

「確實如此。」札哈爾插嘴道：「他看起來很虛弱，從前我們老爺也有這麼一位管家……」

傑列索夫早就熟知那位酗酒管家的故事，不讓札哈爾說下去，吩咐他準備就寢，並派他去找回艾伯特。

傑列索夫躺在床上，吹熄蠟燭，可他久久無法入睡，滿腦子都是艾伯特的事。「儘管許多朋友認爲我這麼做很怪，」傑列索夫想：「可是我難得能爲旁人做點好事，有這個機會應該感謝上帝，我不能錯過，一定要竭盡所能幫助他。或許，他並不是瘋子，只是個酒鬼。這也花不了我多少錢，一人得食，兩人能飽。先讓他在我這裡住一陣子，再幫他找份工作或開一場音樂會，先助他脫離困境，之後再看著辦。」

經過這番思量，他感到洋洋自得。

「確實，我可不是個壞人，甚至可說是個好人。」他想：「跟別人相比，我簡直就是個大善人……」

他剛睡著，就被前廳的開門聲與腳步聲吵醒。

「嗯，我對他的態度要嚴峻點。」他想：「這樣比較妥當，就這麼辦。」

於是傑列索夫拉鈴呼喚僕人。

5 葡萄牙文爲 Vinho da Madeira。爲葡萄牙轄下馬德拉群島出產的葡萄酒。
6 依茲勒（И. И. Излер, 1810-1877）是一名糕點師、企業家，也是彼得堡劇院的贊助人，於一八四八年開始在彼得堡近郊經營礦泉水事業，該處又稱「依茲勒花園」，時常舉行各種歌舞表演，以招攬顧客。
7 一首古老的俄羅斯民謠，唱出縴夫工作的辛勞與心酸。俄國民俗學家楚爾科夫（М. Д. Чулков, 1744-1792）於一七七〇年左右將其記錄下來。

「如何？人帶回來了嗎？」他問進門的札哈爾。

「他真是個可憐人哪，狄米特里・伊凡諾維奇。」札哈爾閉著眼說，意味深長地搖搖頭。

「怎麼，他喝醉了？」

「他太虛弱了。」

「小提琴在他手上嗎？」

「帶回來了，女主人交給我的。」

「好吧，現在別讓他進來，你去安排他就寢，明天絕對不要讓他出門。」

可不等札哈爾離開，艾伯特便已走進房裡。

5

「您要睡了嗎？」艾伯特笑著說：「我去了安娜・伊凡諾夫娜的家，在那兒度過了一個十分愉快的夜晚。演奏音樂、說說笑笑，在場賓客都是一群討喜的人。」他拿起小桌上的長頸水瓶，補充道：「請讓我喝杯飲料吧，只要不是水就好。」

艾伯特看上去仍同昨日那般：四肢瘦弱、眼眸與嘴唇漾著美麗的笑意、前額光潔充滿靈氣。他穿札哈爾的大衣正合身，乾淨且未漿過的睡衣高領優美環繞著他那細長潔白的脖頸，使他看來有種天眞無邪的氣質。他坐到傑列索夫床邊，默默凝望他，露出喜悅而感激的微笑。

傑列索夫也望著艾伯特的雙眼，忽然覺得自己又被他的笑容感染，睏意消失了，也忘了要對他嚴厲些的決定。相反地，他感到很快樂，想要聆聽音樂，與艾伯特親密長談直到天明。傑列索夫吩咐札哈爾拿來一瓶酒、紙菸與小提琴。

「這眞是太好了。」艾伯特說：「時間還早，我們來聽聽音樂，您想聽多少曲子，我都爲您演奏。」

札哈爾歡歡喜喜地拿來一瓶拉菲[8]紅酒、兩個杯子、艾伯特喜歡抽的淡菸和小提琴。但他並未聽從主人吩咐上床睡覺，而是點了根雪茄，坐到隔壁房間裡。

「我們還是聊一聊吧。」傑列索夫對音樂家說，他正要拿起小提琴。

艾伯特聽話地坐回床上，再度露出開心的微笑。

「喔，好。」他說，忽然用手拍額頭，露出好奇而關切的神情（他的表情總是說出他的心思）。「請問……」他停頓了一會，開口：「昨晚和您同行的那位先生……您稱呼他N，他是不是那位大名鼎鼎的N先生之子？」

8 原文爲 Château Lafite Rothschild。拉菲酒莊名列法國波爾多五大酒莊之一，產出的紅酒非常名貴。

「是他的親生兒子沒錯。」傑列索夫回答，不明白艾伯特爲何會對這件事感興趣。

「果然如此。」他得意地笑道：「我當下就注意到他的舉止不凡，充滿貴族氣派。我喜歡貴族，他們身上有一種優雅的風範。還有那個很會跳舞的軍官，我也很喜歡他，多麼風趣、高貴的人哪——他應該是N．N副官吧？」

「哪一位？」傑列索夫問。

「就是跳舞時和我相撞的那一位。他應該頗具名聲。」

「不，他只是個無足輕重的小軍官。」傑列索夫回答。

「啊，不對！」艾伯特熱情地爲他辯護：「他有一種非常非常討喜的特質，也是個很好的音樂家。」艾伯特補充道：「他在那裡表演歌劇，我很久沒遇過這麼可愛的人了。」

「是啊，他演奏得不錯，可我不欣賞他的表演。」傑列索夫說，想引對方談論音樂。「他不懂古典樂。要知道，董尼采第[9]和貝里尼[10]的作品——其實稱不上是音樂。您想必也這麼認爲吧？」

「喔，不，不，請您原諒。」艾伯特神色溫和，爲他們辯護道：「古典樂是音樂，流行樂也是音樂。流行樂也有非常優美的樂曲，比如《夢遊女》、《露琪亞》的終章，還有蕭邦[11]、《羅勃》[12]——你認爲呢？我常在想……」他停頓了一會，顯然在專心思考。「假如貝多芬仍在世，他聽了《夢遊女》一定會高興地哭出來。這部歌劇的樂曲都很優美。我第一次聽《夢遊女》的時候，當時維亞朵夫人[13]和魯比尼先生[14]都在這裡，那時候啊……」他的雙眼閃閃發光，一邊說，雙手一邊作勢，彷彿要從心口掏出什麼東西來，「只要再加進一點元素，我就承受不住了。」

「那麼，你對現在流行的歌劇有什麼看法？」傑列索夫問。

「博西歐[15]唱得很好、非常好。」艾伯特回答：「非常優美，可就是不能打動這裡。」他指指自己乾癟的胸口：「歌唱家需要具備激情，可是她沒有。她的歌聲令人歡愉，卻無法令人產生痛苦。」

「那拉布拉許[16]呢？」

9 董尼采第（Domenico Gaetano Maria Donizetti, 1797-1848），著名的義大利歌劇作曲家，代表作有《愛情靈藥》（*L'elisir d'amore*, 1832）、《拉美莫爾的露琪亞》（*Lucia di Lammermoor/Lucie de Lammermoor*, 1835）。

10 貝里尼（Vincenzo Salvatore Carmelo Francesco Bellini, 1801-1835），義大利歌劇作曲家，代表作有《夢遊女》（*La Sonnambula*, 1831）、《諾瑪》（*Norma*, 1831）、《清教徒》（*I Puritani*, 1835）。

11 蕭邦（Fryderyk Franciszek Chopin, 1810-1849），波蘭與法國的知名作曲家、鋼琴家。

12 德國作曲家梅耶貝爾（Giacomo Meyerbeer, 1791-1864）的歌劇作品《惡魔羅勃》（*Robert le diable*, 1831）。

13 維亞朵（Pauline Viardot, 1821-1910），當時有名的法國女中音歌唱家。自一八四三到一八四七年間連續受邀至彼得堡演出，廣受好評。

14 魯比尼（Giovanni Battista Rubini, 1795-1854），義大利首位男高音歌唱家，在國際間頗富盛名。一八四三年受邀至彼得堡演出，並在俄國宮廷擔任音樂職務，直到一八四五年才返回義大利。

15 博西歐（Angiolina Bosio, 1830-1859），義大利女高音歌唱家，一八五六到一八五七年間至彼得堡演出。

16 拉布拉許（Luigi Lablache, 1794-1858），義大利男低音歌唱家，一八五六到一八五七年間，彼得堡演出。

「我在巴黎的時候，聽過他表演的《塞爾維亞理髮師》[17]。當年的他舉世無雙，可惜現在年紀大了，不能再表演了，老了。」

「老了有什麼關係，他參加合唱還是挺好的。」傑列索夫提到拉布拉許總是這麼說。

「年紀怎會沒有關係？」艾伯特嚴厲反駁：「他不應該老，一個藝術家不應該老！藝術需要很多東西，但最重要的是——激情的火焰！」他說，雙眸熠熠生輝，雙手向上舉起。

似乎眞有一股烈火在他體內熊熊燃燒。

「唉，上帝啊！」他忽然問：「您認識畫家彼得羅夫嗎？」

「不，不認識。」傑列索夫笑著回答。

「您若認識彼得羅夫就好了！您與他必然相談甚歡，他同樣瞭解藝術。先前我時常在安娜·伊凡諾夫娜家遇見他，可現在她不知爲何生他的氣。我眞希望您能認識他，他非常、非常有才華。」

「他仍持續作畫嗎？」傑列索夫問。

「不曉得，好像沒有了，但他是藝術學院[18]出身的畫家。他對藝術的看法太精妙了！他偶爾論起藝術，眞教人嘖嘖稱奇。喔，彼得羅夫非常有才華，就是生活太放蕩了，可惜啊。」艾伯特笑著說，接著從床邊起身，拿起小提琴，開始調弦。

「那麼，您早就不在劇院工作了嗎？」傑列索夫問。

艾伯特回頭望了他一眼，嘆了口氣。

「唉，我已經無法留在那裡了。」他抱著頭說，又坐回傑列索夫身邊。「我告訴您，」他幾如耳語地說：「我無法回去、無法在那裡演奏，我一無所有、一無所有——沒有衣服、沒有房子，也沒有小提琴，我的日子糟糕透頂！糟透了！」他反覆說道：「我爲何還要回去？是爲了什麼？不需要。」他邊說邊笑：「唉，《唐璜》[19]啊！」

他又拍了一下腦袋。

「那麼，改天我們一起去如何？」傑列索夫問。

艾伯特沒有回答，他跳起來，拿起小提琴，開始演奏《唐璜》第一幕的終曲，以自己的音樂講述歌劇內容。

當他演奏到騎士團團長的臨死之聲，傑列索夫嚇得毛髮倒豎。

「不行，我現在無法演奏。」他一邊說，一邊放下小提琴。「我喝太多了。」

17《塞爾維亞理髮師》（*Il Barbiere di Siviglia*, 1773）是義大利作曲家羅西尼（Gioachino Antonio Rossini, 1792-1868）的歌劇作品。

18俄羅斯皇家藝術學院（Императорская Академия художеств）於一七五七年成立，位於聖彼得堡。今名「列賓美術學院」，是世界著名的美術學院之一。

19此處指的是莫札特（Wolfgang Amadeus Mozart, 1756-1791）創作的歌劇《唐・喬凡尼》（*Don Giovanni*, 1787）或譯《唐璜》。

可接著他又走到桌邊，給自己斟了滿滿一杯酒，一飲而盡，再坐回傑列索夫床邊。

傑列索夫目不轉睛地望著艾伯特，艾伯特偶爾對他揚起笑容，傑列索夫也報以微笑。兩人默不作聲，然而相互交流的眼神與笑容，卻使雙方的關係越來越親密。傑列索夫感到自己益發欣賞艾伯特，內心莫名充滿喜悅。

「您談過戀愛嗎？」傑列索夫忽然問道。

艾伯特思索了幾秒，臉上露出苦澀微笑。他俯向傑列索夫，專注凝視他的雙眼。

「您爲何問我這個問題？」他低聲說：「不過我喜歡您，我會全盤告訴您。」他看看傑列索夫，又回頭望望，繼續說：「我不會欺騙您，我會從頭到尾講給您聽。」他停下來，雙眼古怪地定住不動。「您知道，我有點精神衰弱。」他忽然開口：「是啊，是啊，安娜．伊凡諾夫娜想必對您提過，她跟所有人說，我是個瘋子。這不是眞的，她只是在說笑，她是個好心的女人，而我的身體確實出了點問題，已經持續好一陣子了。」

艾伯特再次沉默下來，睜大雙眼，直盯著黑漆漆的門口。

「您問我是否談過戀愛？是的，我曾愛過。」他揚起眉，悄聲低語：「那是很久以前的事，當時我還在劇院工作。我在樂團裡擔任第二小提琴[20]，她就坐在一樓左側包廂。」

艾伯特起身，俯貼至傑列索夫耳畔。

「不，何必說出她的名字呢？」他說：「您想必認識她，大家都認識她。我只是默默看著她，我知道我是個窮樂手，而她是名貴婦人。我很清楚這一點，我只要看著她就好，不曾有任何妄想。」

艾伯特陷入沉思，回憶起往事。

「這一切究竟是如何發生的，我也記不得了。某一次，我被叫去拉小提琴，爲她伴奏。唉，我算什麼東西，不過是個窮樂手！」他一邊搖頭，一邊笑道：「不，我不知道該怎麼說才好，我不知道……」他抱住頭：「當時我多麼幸福啊！」

「那麼，您常去拜訪她嗎？」傑列索夫問。

「一次，只有一次……都怪我自己，我瘋了。我是個窮樂手，而她是名貴婦人，我什麼話都不該對她說。可我瘋了，我做了蠢事，從那時起我就完了。彼得羅夫說得對，他告訴我：你只要能在劇院見到她就好了……」

「您到底做了什麼事？」傑列索夫問。

「唉，且慢，就此打住吧。這事我不能說。」

他雙手摀住臉，沉默了一段時間。

20在管弦樂團的弦樂器組中，小提琴分爲兩組：第一小提琴和第二小提琴。第一小提琴負責樂曲主音部分，第二小提琴負責和音部分。

「那天晚上我心情很亂，又和彼得羅夫去喝酒，抵達劇院時已經遲到了。她坐在包廂裡，與一名將軍聊天，我不認識那位將軍。她身穿一襲雪白洋裝，脖子上戴著珍珠項鍊，坐在包廂邊緣，雙手放在欄杆上。她與將軍交談，眼睛卻望著我。她看了我兩次。她的髮型眞美麗，我沒有拉琴，就站在低音提琴旁邊望著她。這時，我身上第一次出現異狀。她對將軍微笑，又朝我望了望。我覺得她是在談論我，忽然間，我發現自己不在樂團裡，而是在包廂內，就站在她身邊，握著她的手——她的手。這是怎麼回事？」艾伯特沉默了一會，問道。

「你想像力太豐富了。」傑列索夫說。

「不、不……我不會形容。」艾伯特皺起眉頭，答道：「我當時已經很窮，沒有住處，所以我常去劇院，有時就在裡頭過夜。」

「什麼？在劇院裡？睡在空蕩蕩的黑暗大廳？」

「唉，我這些蠢事也不怕您笑話。唉，等一下。當衆人離開，我就走到她坐過的包廂裡，在那兒睡覺，這是我唯一的喜悅。我在包廂度過多少美好的夜晚！只有一次，我又發病了。夜裡我看見許多東西，可我無法向你描述。」艾伯特垂下眼睛，看著傑列索夫。「這是怎麼一回事？」他問。

「眞怪。」傑列索夫說。

「不，等等、等等！」他湊近傑列索夫的耳邊低聲說：「我吻了她的手，站在她身旁哭泣，跟她說了許多話；我聞到她身上的香味，聽見她的聲音，她徹夜同我聊天。然後我拿起小提琴，輕輕拉起來。我演奏得出神入化。然而，我開始感到害怕。我不是怕那些幽魂鬼怪，我也不相信這些無稽之談。我擔心的是，我的腦子是不是出了問題？」他伸手摸摸額頭，溫和笑道：「我擔心我可憐的腦子，我覺得裡面好像有點毛病。又或許沒什麼問題？您認爲呢？」

兩人同時沉默了幾分鐘。

縱然浮雲掩日，
暉陽依舊光耀如恆。[21]

艾伯特唱道，臉上帶著溫和笑容。「是不是這個道理？」他補充道。

我也活過，也享樂過。[22]

21原文爲德文：Und wenn die Wolken sie verhüllen, //Die Sonne bleibt doch ewig klar... 摘自德國作曲家韋伯（Carl Maria von Weber, 1786-1826）的歌劇《魔彈射手》（*Der Freischütz*, 1821）。

22原文爲德文：Ich auch habe gelebt und genossen. 摘錄改寫自德國詩人席勒（Friedrich Schiller, 1759-1805）的詩作〈少女的哀嘆〉（"Des Mädchens Klage"），由舒伯特（Franz Peter Schubert, 1797-1828）譜曲。

「唉，要是彼得羅夫這老傢伙在，他就能向您解釋清楚了。」

傑列索夫默默無語，驚恐地看著對方焦躁不安的蒼白臉孔。

「您知道《尤里斯坦圓舞曲》[23]嗎？」艾伯特忽然叫道，不等傑列索夫回答，便跳起來，拿起小提琴，開始拉奏這首輕快的圓舞曲。他拉得渾然忘我，彷彿背後有一整個樂團爲他伴奏，他面露微笑，搖擺身體，挪移雙腳，表演得出色至極。

「哎，眞開心！」演奏完畢，他揮揮小提琴。

「我要走了。」他默默坐了一會，開口說：「您要不要一起去？」

「去哪裡？」傑列索夫詫異問道。

「我們再去安娜．伊凡諾夫娜的家。那裡氣氛歡樂，人多、熱鬧、又有音樂。」

傑列索夫差點就要同意了。可他冷靜下來，還是勸艾伯特今晚別過去。

「我只去一會兒。」

「我說眞的，別去。」

艾伯特嘆了口氣，放下小提琴。

「那就不去囉？」

他又看看桌子（酒喝光了），便道了聲晚安，離開房間。

傑列索夫拉鈴召喚僕人。

「聽著，沒有我的許可，不准讓艾伯特先生出門。」他對札哈爾說。

6

隔天是假日。傑列索夫醒來後，坐在客廳看書、喝咖啡。艾伯特仍在隔壁房間，毫無動靜。

札哈爾小心翼翼開門，察看飯廳內的狀況。

「您相信嗎？狄米特里．伊凡諾維奇，他竟然直接睡在沙發上，底下什麼也沒鋪，我說真的。他簡直像個小孩子，果然是藝術家。」

接近中午十二點，門內傳來呻吟與咳嗽聲。

札哈爾又走進飯廳，傑列索夫聽見裡面傳來札哈爾親切的聲音，以及艾伯特微弱的請求聲。

「唔，怎麼了？」當札哈爾出來，傑列索夫問道。

23《尤里斯坦圓舞曲》（*Juristen-Ball-Tänze*），奧地利作曲家約翰．史特勞斯二世（Johann Strauss II, 1825-1899）的作品。

「他覺得無聊，狄米特里·伊凡諾維奇。他不肯洗臉，悶悶不樂，一直跟我要酒喝。」

「不行，既然決定了，就要堅持到底。」傑列索夫告訴自己。

於是他吩咐不能給艾伯特喝酒，又繼續看書；然而，他仍不由自主地聆聽飯廳的動靜。裡頭偶爾傳來重重的咳嗽與吐痰聲，此外毫無動靜。

過了兩小時，傑列索夫穿戴完畢，出門前他決定去看望室友。艾伯特垂著頭，雙手托腮，一動也不動地坐在窗邊。他回過頭來，只見他臉色蠟黃、皺紋滿布，神色不僅憂鬱，還充滿深切悲哀。他試著微笑以示招呼，可臉上表情更加悲苦，好似就快哭出來了。他吃力地起身，行了個鞠躬禮。

「如果可以，請給我一小杯伏特加就好。」他懇求道：「我太虛弱了……拜託！」

「我建議您，最好還是喝杯咖啡提提神。」

艾伯特的臉孔頓時失去天真之色，他冷漠陰鬱地看看窗外，無力地跌坐在椅子上。

「或者您想吃點早餐？」

「不了，謝謝，我沒胃口。」

「您若是想拉小提琴儘管拉，不用擔心會打擾到我。」傑列索夫邊說，邊將小提琴放在桌上。

艾伯特帶著輕蔑的微笑，瞥了小提琴一眼。

「不了，我太虛弱，無法拉琴。」他把琴推開。

之後，不管傑列索夫說什麼，諸如邀請他一塊散步，或晚上去劇院看戲，他只是乖乖點頭，一逕沉默不語。

傑列索夫便出門了，他坐車拜訪幾位朋友，在別人家用了午餐，直到看戲之前才回家換衣服，同時看看音樂家在做什麼。

艾伯特坐在黑暗的前廳，雙手托著頭，望著點燃的火爐發呆。他梳洗完畢，穿得整整齊齊，然而雙眼無神、死氣沉沉，整個人看起來比上午還要疲憊虛弱。

「艾伯特先生，您吃過午餐了嗎？」傑列索夫問。

艾伯特點點頭，瞄了瞄傑列索夫的臉，惶然無措地垂下眼來。

傑列索夫感到有些難堪。

「今天我和劇院經理談起您。」他說，同樣垂下眼眸。「他很樂意聘用您，只要您願意演奏一段讓他聽聽。」

「感謝您，但我無法拉琴。」艾伯特喃喃自語，又走回自己房裡，輕輕關上房門。

幾分鐘後，門把同樣輕輕轉動一下，艾伯特拿著小提琴出來，惡狠狠地瞪了傑列索夫一眼，把琴放在椅子上，又回房了。

傑列索夫聳聳肩，無奈一笑。

「我還能怎麼做？我到底錯在哪裡？」他想。

「唔，音樂家還好嗎？」是夜，他很晚才回到家，第一件事就是問他的情況。

「很糟！」札哈爾簡短而響亮地回答：「一直咳嗽、唉聲嘆氣，什麼話都不說，只是連連向我要伏特加，討了四五次。我已經給了他一杯。不然的話，狄米特里．伊凡諾維奇，我們可能會害死他，就像那位管家一樣……」

「他有沒有拉小提琴？」

「他連碰都不碰。我把琴送去兩、三次，他就輕輕拿起琴，又把它送出來。」札哈爾笑著回答：「那麼，還要不要給他酒呢？」

「不，再等一天，看看情況再說。他現在在做什麼？」

「他把自己關在客廳裡。」

傑列索屋走進書房，挑了幾本法文書與一本德文版的《福音書》。

「明天把這些書放在他房間，看住他，別讓他出門。」他對札哈爾說。

隔天早晨，札哈爾向主人報告：音樂家一夜沒睡，不停在房裡走來走去。他走到餐具間，試圖打開酒櫃，可札哈爾早就花了一番工夫，鎖上全部櫥櫃。札哈爾說，他假裝睡著，聽見艾伯特在黑暗中自言自語並揮舞雙手。

艾伯特一天比一天更憂鬱沉默，他似乎害怕傑列索夫，每當兩人目光相遇，他總會露出異常驚恐的表情。他不碰書、不碰琴，也不回答旁人的問題。

音樂家住下後第三天，傑列索夫深夜才回到家，疲倦不堪且心情惡劣。今日為了一件看來輕鬆簡單的小事，他坐車奔波了一整天，儘管費了很大力氣，事情卻毫無進展——這種情況也很常見。此外，他上俱樂部打惠斯特牌[24]輸了錢，心情很差。

札哈爾回報艾伯特的淒慘情況，傑列索夫聽完說：「哼，隨他去吧！明天我要他給出明確答覆，看他是否願意留在我這裡，並聽從我的建議；若不願意，那就算了。反正我已經盡力了。」

「這就是熱心助人的下場！」他心想：「我爲他的處境感到難過，把這粗鄙傢伙帶回自己家裡，搞得上午都無法接待陌生賓客；我還替他四處奔走，他卻把我看成爲了一己私欲，將他關在家裡的惡人。最主要的是，他自己根本不想改變。他們這種人都是同一個德性（這裡的「他們」屬於總體概念，特指他今日接觸的人物）。現在我該拿他怎麼辦？他到底在想什麼？又爲何愁眉苦臉？因爲我逼迫他脫離荒淫的生活嗎？或是我助他擺脫原本的屈辱與貧困？顯然他過於墮落，才會難以接受循規蹈矩的生活。」

「不行，這是幼稚之舉。」傑列索夫暗自下了決定。「我連自己都管不好，哪有本事改造別人。」他想立刻放艾伯特離開，可思考了一會，還是決定留待明天處理。

夜裡，傑列索夫被說話聲、腳步聲與前廳桌子翻倒的聲響吵醒了。他點燃蠟燭，仔細聆聽……

24 橋牌的前身，最早源於十六世紀的英國，到了十八世紀開始流行，成爲上流社會的社交活動與比賽項目之一。

「你等著，我要告訴狄米特里·伊凡諾維奇！」札哈爾說，然後是艾伯特的聲音，他激動且語無倫次地嘟囔著什麼。傑列索夫跳起來，拿起蠟燭跑到前廳，只見札哈爾一身睡衣擋在門前，艾伯特則是頭戴帽子、身披斗篷，想把他推開，同時哭喊道：「您不能攔著我！我有護照，也沒有拿你們家任何東西！您可以搜身！我要去找警察局長！」

「對不起，狄米特里·伊凡諾維奇！」札哈爾對主人說，繼續保衛家門。「他半夜起來，在我大衣口袋裡找到鑰匙，喝光了一瓶含糖的伏特加。這樣對嗎？現在他又要離開，我沒有得到您的吩咐，所以不敢讓他走。」

艾伯特看見傑列索夫，變得更加激動，逼近札哈爾。

「誰都不能扣留我！誰都沒有權力這麼做！」他喊道，聲音越來越大。

「你讓開，札哈爾。」傑列索夫轉而對艾伯特說：「我不想留您也不能留您，但我還是勸您留下來，明天再走。」

「誰都不能扣留我！我要去找警察局長！」艾伯特越吼越大聲，可他只對札哈爾咆哮，完全不看傑列索夫。「救命啊！」他忽然瘋狂大喊。

「您這樣大吼大叫做什麼？要知道我們可不想留您。」札哈爾說，打開了門。

艾伯特停止吼叫。「辦不到吧？想要我的命，不可能！」他一邊穿鞋，一邊嘟囔，走出門外時嘴裡仍不停胡亂叨念，也不跟任何人辭別。札哈爾拿著蠟燭，送他到大門口就回來了。

「感謝上帝，狄米特里・伊凡諾維奇！再這麼下去，早晚會出事的。」札哈爾對主人說：「現在得去清點銀器。」

傑列索夫只是搖搖頭，一語不發。他腦中又生動浮現了頭兩晚他與音樂家共度的美好時光；想起由於他的錯誤，導致艾伯特在這裡過了幾天不愉快的日子。最重要的是，他回想起自己第一眼見到這個怪人，內心便產生一種交雜驚奇、憐憫與喜愛的甜蜜情感，於是他又開始同情艾伯特。

「現在他該如何是好？」傑列索夫心想：「沒有錢，又沒有保暖的衣服，深夜裡一個人孤單在外頭流浪……」他想叫札哈爾去追他，可是已經太遲了。

「外面冷嗎？」傑列索夫問。

「冷極了！狄米特里・伊凡諾維奇。」札哈爾回答：「我忘記稟告您，開春前還得多買一些木柴。」

「你之前不是說夠了嗎？」

7

戶外確實很冷，可艾伯特並不覺得冷——他喝了酒又大吵大鬧，因此渾身發熱。

他走到街上，回頭望了望，歡喜地搓搓手。街上空蕩蕩的，一排長長的路燈依舊散發紅光，天空繁星點點，清晰可見。「怎麼樣啊？」艾伯特面朝傑列索夫家的明亮窗戶說道，接著雙手縮進斗篷、插入褲袋，彎身向前走，邁著沉重的步伐，蹣跚走向街道右邊。他感覺胃部與雙腿無比沉重，腦袋嗡嗡作響，一股無形的力量使他左右搖晃，可他依然朝安娜・伊凡諾夫娜家的方向走去。

艾伯特腦中掠過種種零碎、奇特的思緒：時而想起方才與札哈爾的爭執，時而又莫名想起大海與搭乘輪船初抵俄國的情景。他想起與朋友順路經過一家小酒館，在那裡度過的一個愉快夜晚。忽然間，他腦中響起一首熟悉旋律，他又憶起自己熱戀的女性與劇院裡那可怕的一夜。儘管這些回憶都不連貫，卻清晰浮現在他腦海中，他閉上眼，不知道什麼才是現實：這些片段是他所爲？亦或是他所想？他記不得也感覺不到自己如何蹣跚行走、碰撞牆壁，又是如何茫然四顧、走過一條又一條街。他僅記得那些古怪離奇的浮想，意識到它們混亂糾結、不停更迭。

艾伯特走過小濱海街時摔了一跤，猛然清醒過來。他看見前方有一座巨大宏偉的建築物，便繼續向前走。天空黯淡無光，不見星星與月亮，街上也沒有路燈，可所有事物依然清晰可見。那幢矗立在街角的建築，窗內燈火通明，然而火光有如倒影不停搖曳。這棟建築越靠越近、越發清晰地呈現在艾伯特眼前，可他甫踏進寬闊的大門，裡頭的燈火便熄滅了。屋內黑漆漆的，孤獨的腳步聲響亮迴盪於拱頂之下，還有一些影子，在他接近時悄悄溜走了。

「我爲何來到這裡？」艾伯特想，然而某種不可抗拒的力量牽引他向前走，進入大廳深處……那裡有一座高台，周圍一小群人沉默佇立。「誰在說話？」艾伯特問。無人回答，只有一人伸手指向高台。台上站著一個又高又瘦的男人，頭髮粗硬如鬃毛，身穿一件花花綠綠的長袍。艾伯特立刻認出那人是他的朋友——畫家彼得羅夫。

「眞是奇怪，他怎麼會在這裡？」艾伯特心想。

「不，兄弟們！」彼得羅夫指著某個人說：「你們不了解此人，他雖存在於你們之間，可你們不了解他！他不是賣藝者、不是機械式的演奏者、不是瘋子、也不是墮落之人，他是一名天才，一名偉大的音樂天才，卻不受你們的青睞與重視，因而毀滅消亡。」艾伯特立即明白他的朋友指的是誰，可他不願令彼得羅夫難堪，遂謙虛地低下頭來。

「他就如同一根稻草，爲衆生服侍的聖火燃燒殆盡。」那個聲音繼續說：「但他完成了上帝賦予他的所有使命，因此，他應該被稱爲偉人。你們可以輕視他、折磨他、侮辱他，」那個聲音越來越響：「可他無論過去、現在或未來，都比你們崇高許多。他幸福、善良，無論愛憎與否，對世人皆一視同仁。他僅從事上帝賦予他的使命，他只熱愛一項事物，那就是美——世上唯一且絕對的幸福。是的，他就是這種人！你們全部在他面前俯首跪下！」他大聲叫喊。

然而，另一道聲音從大廳對面角落輕輕響起：「我不願意向他下跪。」艾伯特立刻認出那是傑列索夫的聲音。「他有何偉大之處？我們爲何要向他下跪？莫非他擁有誠實正直的品德操守？還是他爲社會帶來任何益處？難道我們不曉得他是如何借錢不還，又是如何取走同事的小提琴，並拿去典當換錢？……（「天啊！他全都知道！」艾伯特心想，依然低垂著頭。）難道我們不曉得他是如何奉承粗俗鄙陋之徒，只爲換取金錢？」傑列索夫繼續說：「我們會不知道他是如何被劇院趕出來的嗎？安娜．伊凡諾夫娜又是多想將他送交警局？（「天啊！這一切都是事實，但請替我辯護吧！」艾伯特說：「只有你知道我爲何如此做。」）

「住口！眞是可恥！」彼得羅夫的聲音再度響起：「你們有什麼權力指責他？難道你們經歷過他的生活、體會過他的狂喜靈感嗎？（「沒錯！沒錯！」艾伯特喃喃說道。）藝術是人類才能的頂尖呈現，僅賦予極少數的菁英，將其提升至令人目眩神迷的極高層次。藝術有如各種形式的戰鬥，總有英雄豪傑爲其志業奉獻所有，往往未達目標便犧牲覆沒。」彼得羅夫沉默不語，艾伯特則是抬起頭來，大喊：「沒錯！沒錯！」可他發出的是無聲吶喊。

「這事與您無關！」彼得羅夫嚴厲地對他說：「是的，你們侮辱他、瞧不起他，」他繼續說：「可他依然是我們當中最優秀、最幸福的人。」

艾伯特聽了這番話，內心無比歡喜，忍不住走到朋友跟前，想要親吻他。

「走開！我不認識你！」彼得羅夫說：「遵行自己的路吧，否則你永遠到不了……」

「看你醉成什麼樣子！你這樣走不到家了。」十字路口有名崗警朝他喊道。

艾伯特停下腳步，凝聚力氣，試圖控制自己不再左右搖晃，轉進小巷裡。

離安娜．伊凡諾夫娜的家只剩幾步路了。燈光自她家門廳投射到庭院雪地，雪橇與馬車停靠在圍牆邊的小門。

艾伯特用凍僵的雙手抓住欄杆，跑上階梯，拉了下門鈴。

一名女僕睡眼惺忪地從門上小窗探出頭來，氣呼呼地朝艾伯特瞪了一眼。「不行！」她叫道：「主人交代，不能讓你進來。」接著砰一聲關上小窗。

門內傳來音樂與女人的說話聲，艾伯特席地而坐，頭靠牆面，閉上雙眼。就在這一瞬間，大量破碎零散卻似曾相識的幻影如浪潮般席捲而來，再度包圍他，將他捲入一個自由美好的幻想空間。「是的，他是最優秀幸福的人！」他不自覺又想起這句話來。門內傳來波卡舞曲，這些音樂同樣在說：「他是最優秀幸福的人！」附近教堂傳出鐘響，鐘聲也說：「是的，他是最優秀幸福的人。」

「我再回去大廳吧。」艾伯特暗忖：「彼得羅夫還有好多話要跟我說。」然而，大廳沒有半個人，站在高台上的不是畫家彼得羅夫，而是艾伯特自己。他用一把小提琴拉奏出先前那句話，這把琴十分奇特，全以玻璃製成，須用雙手環抱，輕輕貼在胸前，才能發出樂音。艾伯特從未聽過如此溫柔悅耳的聲音，他把琴抱得越緊，內心越感到愉快、甜蜜；琴聲越是嘹亮，陰影消散得越快，大廳牆壁在光線照射下也益發明亮。

然而演奏這琴必須非常小心，以免壓碎它。艾伯特無比小心地拉著玻璃提琴，技巧十分高超。他認爲自己演奏的音樂如此美妙，已成世間絕響。當另一個遙遠的低沉聲響引起他的注意時，他已經感到疲憊不堪。那是鐘聲，它在遠處高聲共鳴，訴說道：「是的，你們覺得他很可憐，你們瞧不起他，可他是全天下最優秀幸福的人！世間再無一人能夠演奏這把樂器。」

艾伯特忽然覺得這番熟悉的言論十分精闢、新穎、公允，於是停止演奏，一動也不動，舉起雙手，抬頭仰望天空，心裡感到幸福美滿。儘管大廳裡一個人也沒有，艾伯特依然驕傲地抬頭挺胸，站在高台上，好讓所有人都能看見他。

忽然出現一隻手輕拍他的肩膀，他回過頭來，在昏暗中看見一個女人。她憂傷地看著他，不以為然地搖頭。他立刻明白此舉不得體，感到羞愧不已。

「您去哪了？」他問。她又凝望他良久，傷心地低下頭來。

她正是他熱愛的女人。她身上依然穿著那套雪白洋裝，白皙豐潤的頸部戴著一串珍珠項鍊，露出兩條美麗誘人的光裸手臂。她拉著他的手，帶他離開大廳。「出口在那邊。」艾伯特說，可她笑不答，繼續帶他離開。跨過大廳門檻時，艾伯特看見月亮與水流。

非比尋常的是，水流不在地面，皎潔的圓月也不在天上。月亮與水流交融成一片，四處流淌——上下左右，包圍著他倆。艾伯特與她縱身躍入月亮水流，他明白，現在他能夠擁抱自己在這世上最愛的人了；他抱著她，感到無比幸福。

「我是不是在作夢？」他問自己，但是不可能！這是現實，比現實更真切，並且是現實加上回憶。他察覺到，這股難以形容的幸福感此刻已然消失，並且永不復返。「我哭什麼呢？」他問她，她默默不語，一臉憂傷地凝望他。

艾伯特明白她的意思。「既然我還活著，又怎會如此呢？」他問，她依然不回答，一動也不動地看向前方。「太可怕了！該如何向她解釋，我其實還活著呀。」他驚恐地想。「天啊！您要了解，我還活著啊！」他喃喃說道。「他是最優秀幸福的人。」一個聲音說。然而有某個東西壓在艾伯特身上，越來越沉重，那是月亮、水流、她的擁抱或是眼淚——他不曉得，卻感覺到自己無法言語，而一切就快結束了。

兩名賓客走出安娜．伊凡諾夫娜的家，正好看見艾伯特直挺挺倒在門檻上，其中一人連忙跑回去叫女主人。

「這太沒天良了！」他說：「您怎能讓一個人在外挨冷受凍！」

「唉，原來是艾伯特先生，他怎麼會坐在這裡？」女主人說：「安努什卡！快把他抬進屋去！」她對女僕說。

「我還活著，爲何要埋葬我啊？」被抬進屋內時，昏迷的艾伯特喃喃自語。

一八五八年二月二十八日

天知

1872

Бог правду видит, да не скоро скажет

從前，弗拉基米爾城中住了一位年輕商人阿克謝諾夫，他擁有一棟房子與兩間小店舖。阿克謝諾夫有一頭淺褐色鬈髮，相貌英俊，性格開朗，還有一副好歌喉。他年少時期便嗜酒，醉後每每鬧事，可自從結婚後，他便戒酒了，很少破戒。

某年夏天，阿克謝諾夫要到下城區趕集。當他與家人道別時，妻子對他說：「伊凡．狄米特里耶維奇，你今天還是別出門吧，我做了一個和你有關的惡夢。」

阿克謝諾夫笑道：「你是怕我在集市上喝酒胡鬧嗎？」

妻子說：「我也不知道自己在怕什麼，可是那個惡夢真可怕，我夢見你從城裡回來，摘下帽子，竟是滿頭白髮！」

阿克謝諾夫哈哈大笑。

「嗯，這表示我會大賺一筆。你等著瞧，集市結束後，我會帶些昂貴禮物回來的。」

於是他告別家人走了。

半路上，他遇見一位認識的商人，兩人結伴在旅舍過夜，一起喝茶，睡在相鄰的隔間內。阿克謝諾夫不喜歡睡太久，天未亮就醒來了，他想趁清晨涼爽時上路，便叫車夫套車，自己走進黑漆漆的屋裡找店主結帳，便離開了。

馬車駛了約四十俄里[1]，阿克謝諾夫停下來餵馬，在一間驛舍的門廊下稍事休息。午飯時間他走上門階，吩咐裡面的人準備茶炊，又拿出吉他彈奏起來。

這時，一輛三駕馬車叮叮噹噹駛進驛舍，一名官吏帶領兩名士兵下車，走到阿克謝諾夫跟前，開始盤問他：「你是誰？從哪來的？」阿克謝諾夫照實回答，並問他們要不要一起喝茶，官吏依然連連追問：「昨晚你在哪裡過夜？是一個人還是有同伴？早上有沒有看見另一位商人？爲什麼這麼早就離開？」

阿克謝諾夫感到莫名其妙，不懂官吏爲何要問他這些問題。他仍據實回答，並問道：「你們爲什麼這樣盤問我？我又不是小偷強盜。我只是出門做生意，有什麼好問的？」

這時，官吏叫來兩位士兵，回道：「我是警察局長。之所以盤問你，是因爲昨天與你一起過夜的商人被殺害了。現在把東西交出來！你們去搜一搜！」

他們進了屋內，打開行李箱與提袋進行搜索。忽然間，警察局長從提袋內掏出一把刀，高聲叫道：「這是誰的刀？」

阿克謝諾夫見到自己的行李給搜出一把刀，刀上還沾染血跡，頓時嚇壞了。

「刀上爲何會有血跡？」

阿克謝諾夫想回答，卻說不出話來。

1 一俄里即一．〇〇六八公里。

「我、我不知道……我……刀子……我……不是我的……」

警察局長又說：「今天一早有人發現那位商人死在床上。除了你，旁人沒有機會下毒手。房門從裡頭反鎖，在房裡的人就只有你。現在又從你提袋內搜出這把染血的刀，你看上去也是一臉心虛樣。老實說！你是怎麼殺了他？又從他身上搶走多少錢？」

阿克謝諾夫對天發誓，他沒有殺人搶劫。昨晚喝完茶後，他再也沒見到這位商人，八千盧布是他自己的錢，刀子不是他的。然而他面色發白，說話斷斷續續，嚇得渾身發抖，好似犯了罪一樣。

警察局長叫來士兵，命令他們把阿克謝諾夫銬起來押上車。當阿克謝諾夫戴著腳鐐被推上馬車時，他在胸前畫了個十字，落下淚來。

警察沒收了阿克謝諾夫所有財物，將他送入鄰城監獄，又派人前往弗拉基米爾城，探聽阿克謝諾夫的為人品行。城內所有商家、居民都表示，阿克謝諾夫從小就愛吃喝玩樂，可的確是個好人。於是開庭審判，他被控殺害一位商人與盜竊兩萬盧布。

妻子知道丈夫出了事，悲痛萬分，卻無法可想。孩子都還年幼，其中一個仍在吃奶，她帶著孩子來到丈夫坐監的城鎮。起初，警察不肯讓她探監，經過苦苦哀求，局長終於同意讓她見丈夫一面。

當她見到丈夫身穿囚服，戴著鐐銬，與一干強盜關在一起，不禁暈倒在地，久久才醒過來。而後她把孩子叫來跟前，自己坐在丈夫身邊，訴說家裡種種，並詳細問他事發經過。丈夫如實相告。

聽完後，她問：「現在怎麼辦？」

丈夫說：「應該向沙皇陛下陳情。不能冤枉好人啊！」

妻子表示，她已經上交訴狀給沙皇，可是被擋下來了。阿克謝諾夫只是低垂著頭，不發一語。

這時妻子說：「難怪我當時做了惡夢，你還記得嗎？我夢見你變得白髮蒼蒼。現下你眞的愁白了頭，那天你若不出門就好了。」

接著她摸摸丈夫的頭髮，又說：「凡尼亞[2]，親愛的，跟我說實話——這事眞不是你做的？」

阿克謝諾夫叫道：「連你也懷疑我！」用手摀住臉，大哭起來。

而後士兵走過來，說他的妻兒必須離開了。這是阿克謝諾夫最後一次向親人道別。

妻子走後，阿克謝諾夫開始回想方才的對話。思及連妻子都懷疑他，甚至問他是不是兇手，他告訴自己：「看來，除了上帝，沒人知曉這事的眞相了。我應該祈求上帝，等待上帝的恩典。」此後，阿克謝諾夫不再提出上訴，也不再懷抱期望，只一逕向上帝祈禱。

阿克謝諾夫最終被判處鞭刑並發配到邊疆服勞役。

判決執行了。他挨了鞭子，待傷好後，便同其他犯人一起押往西伯利亞。

在西伯利亞，阿克謝諾夫服了整整二十六年勞役。他的頭髮白如霜雪，一把白鬍子留得又尖又

2 Ваня（Vanya），伊凡（Иван, Ivan）的小名與暱稱。

長，過去的開朗樂天已不復存，如今他背駝了、行動緩慢、沉默寡言、罕有笑容，只是時常向上帝禱告。

在獄中，阿克謝諾夫學會縫製靴子，並用賺來的錢買了一本《聖人傳》[3]，趁監獄有燈光時閱讀；每逢假日則上獄中附設教堂做禮拜，朗讀使徒行傳或吟唱聖詩——他依然有一副好歌喉。長官們喜歡阿克謝諾夫的恭順服從，獄中同伴則尊稱他爲「老爺子」和「聖人」。每當衆人對監獄長官有任何請求，總推派阿克謝諾夫做代表；犯人之間發生任何糾紛，也總是找他居中協調。

家人從未寫信給阿克謝諾夫，他完全不知妻兒生死。

某天，一批新犯人抵達流放地。當晚，所有老囚犯圍著新人連連提問：從哪座城市或村子來的？犯了什麼罪云云。

阿克謝諾夫同樣挨坐在新人的木板床上，低頭聆聽他們說話。其中一位新犯人年約六十，身材高大健壯，留著一口精心修剪的雪白鬍鬚，正講述自己如何被捕。

他說：「兄弟們，我無緣無故就被抓到這裡了。我只是把驛站車夫的馬從雪橇上解下而已。他們就說我偷馬，把我抓起來。我就說啦：『我只是想加快行程，到了地方就放了馬。何況那個車夫也是我的朋友。我說的對不對？』可他們不信，硬是咬定我偷馬。可我怎麼偷的又是在哪偷的馬，他們沒人說得出來。多年以前，我倒是幹過壞事，早該送到這裡來，卻始終沒人發現。這回竟毫無理由就給逮到這裡。得了，我胡說的，我來過西伯利亞，就是待的時間不長……」

「你是哪裡人啊？」其中一名犯人問道。

「我來自弗拉基米爾城，是當地的小市民。我叫馬卡爾．西蒙諾夫，父名是西蒙諾維奇。」

阿克謝諾夫聞言，抬頭問道：「那個，西蒙諾維奇，你有沒有聽說過，弗拉基米爾城內一戶商家，阿克謝諾夫家人的情況？他們還活著嗎？」

「怎麼沒聽過呢？雖然男主人給流放到西伯利亞，可那戶商家多有錢啊。想來那位大爺也和我們一樣犯了法。你呢？老爺子，你又犯了什麼罪？」

阿克謝諾夫不愛提起自己的不幸遭遇，嘆了一口氣，道：「爲了這樁罪，我已經服了二十六年勞役。」

馬卡爾．西蒙諾夫問：「你到底犯了什麼罪？」

阿克謝諾夫說：「反正是罪有應得。」他不願多談，反而是其他囚犯對這些新人講述阿克謝諾夫流放到西伯利亞的經過：有人在旅途中謀害了商人，又把刀塞進阿克謝諾夫的提袋，導致他被冤枉判刑。

馬卡爾．西蒙諾夫聽完，看了阿克謝諾夫一眼，雙手拍拍膝頭，道：「唉，巧啊！眞是太巧了！

3 又稱《聖徒傳記》（Hagiography），此指按東正教曆編排收錄的每日聖人故事。

老爺了，你也老了呢！」

眾人開始問他，在哪裡見過阿克謝諾夫，又是什麼巧合讓他驚嘆。然而，馬卡爾・西蒙諾夫並不回答，只說：「眞是奇蹟啊，兄弟，竟然在這兒碰上了！」

這番話使阿克謝諾夫想到，或許這人知道殺害商人的兇手是誰。

他問：「西蒙諾維奇，你以前是不是聽過這件案子？或者你曾經見過我？」

「怎麼沒聽過呢！壞事傳千里！但這是很久以前的事了，就算聽過，我也忘了。」馬卡爾・西蒙諾夫說。

「或許你聽過，是誰殺了那個商人？」阿克謝諾夫問。

馬卡爾・西蒙諾夫笑了起來：「得了吧，刀子從誰的袋子裡發現，誰就是兇手。就算有人想栽贓你，沒逮到人都不算數。況且別人又是如何把刀塞進你的提袋呢？袋子不就掛在你床頭邊嗎？你該聽見聲響的。」

阿克謝諾夫一聽，便知道眼前這人就是殺害商人的眞兇。他起身離開了。

那晚，阿克謝諾夫徹夜難眠，內心無比苦悶，腦中浮現種種回憶：他想起妻子最後一次送他出門上集市的情景，眼前出現她生動的容貌與雙眼，耳畔響起她的話語和笑聲；接著他想起孩子們——依然是當年那副幼小的模樣，一個穿著小皮襖，一個仍抱在懷中。他也想起了自己，當年的他多麼年輕、無憂無慮，被捕前，正坐在驛舍的台階上彈吉他，心情是多麼愉悅；又想起他受鞭刑的那座高台、行刑官、圍觀群眾、鐐銬、囚犯與整整二十六年的流放生涯，如今垂垂老矣。阿克謝諾夫內心苦澀，恨不得掐死自己，一了百了。

「全是那個壞蛋害的！」阿克謝諾夫想。

他內心滿是對馬卡爾．西蒙諾夫的強烈憎恨，哪怕自己萬劫不復，也要向他復仇。阿克謝諾夫徹夜向上帝祈禱，可內心依然無法平靜。隔天他不願意靠近馬卡爾．西蒙諾夫，也不願看他一眼。

兩個禮拜過去了，阿克謝諾夫夜夜無法成眠，內心煩憂苦悶，不知如何自處。

一天夜裡，他在牢房走動，發現某張木板床下有泥土飛散，他停下觀望。忽然，馬卡爾．西蒙諾夫從床底下鑽出來，見到阿克謝諾夫，他一臉驚慌。阿克謝諾夫不想理他，打算離開，馬卡爾卻抓住他的手，說自己正在牆角下挖一條通道，每天趁著上工機會，用長筒靴將泥土帶到路邊丟棄。

他說：「老頭子，只要你不吭聲，我離開時把你一起帶走。假如你敢告密，害我挨鞭子，我可饒不了你——鐵定殺了你。」

阿克謝諾夫面對仇人，恨得渾身發抖，一把抽出手來，說道：「我沒必要逃走，你也用不著殺我——早在多年前我就被你害死了。至於我會不會告發你——就交給上帝決定吧！」

隔天，囚犯外出上工時，有士兵發覺馬卡爾．西蒙諾夫在倒土，於是搜索牢房，發現了那個地洞。典獄長來到監獄，開始審問所有犯人：「洞是誰挖的？」眾人矢口否認。那些知情者沒有告發馬卡爾．西蒙諾夫，他們知道，他會因此被打個半死。這時，典獄長轉而詢問阿克謝諾夫，他明白阿克謝諾夫是個正直的人。

「老爺子，你是誠實人。你當著上帝的面告訴我——這是誰幹的？」

馬卡爾．西蒙諾夫若無其事站在一旁，看著典獄長，沒有回頭看阿克謝諾夫一眼。阿克謝諾夫雙手雙唇都在顫抖，久久不能言語。他想：「假如我包庇他……可我爲何要原諒他呢？他毀了我的人生，該讓他爲我受的苦難付出代價。至於告發他——他肯定會挨鞭子。萬一我冤枉他呢？就算他是眞兇好了，難道我會因此感到好過點嗎？」

典獄長又問了一次：「怎麼樣，老爺子，說實話——是誰挖的洞？」

阿克謝諾夫看了馬卡爾．西蒙諾夫一眼，說：「我沒看到，我不知道。」

最終獄方沒能查出是誰挖的洞。

隔天晚上，阿克謝諾夫躺在床上打盹時，聽見有人靠近自己，並在腳邊坐下。他望向黑暗，發現是馬卡爾。

阿克謝諾夫說：「你還要我怎樣？你來這裡幹嘛？」

馬卡爾．西蒙諾夫沉默不語。

阿克謝諾夫微微挺起身子：「你想幹什麼？快走開！不然我要叫士兵了。」

馬卡爾．西蒙諾夫俯向阿克謝諾夫，低聲說：「伊凡．狄米特里耶維奇，請你饒恕我！」

阿克謝諾夫說：「饒恕你什麼？」

「是我殺了那個商人，也是我把刀子塞給你。我原本也想殺了你，可聽見門外有聲音，就把刀子塞進提袋，爬窗逃走了。」

阿克謝諾夫沉默無語。

馬卡爾．西蒙諾夫爬下床，俯跪在地，說：「伊凡．狄米特里耶維奇，看在上帝的份上，請你饒恕我吧！我會去自首，說是我殺了商人——你會獲得赦免，就能回家了。」

阿克謝諾夫說：「你說得簡單，我如今是什麼情況？還能上哪裡去？……妻子已經死了，孩子都忘了我，我無家可歸了……」

馬卡爾．西蒙諾夫依然跪在地上磕頭，說：「伊凡．狄米特里耶維奇，請饒恕我吧！我現在就是挨鞭子也比看著你好受一些……你還同情我，沒有告發我。請饒恕我，看在上帝的份上！請你饒恕我這個罪該萬死的惡人！」他嚎啕大哭。

阿克謝諾夫聽見馬卡爾．西蒙諾夫大哭，自己也跟著落淚，他說：「上帝會寬恕你的。或許我比你還要邪惡百倍！」他忽然感覺內心輕鬆許多。他不再想家了，也不想離開監獄，唯一所想是生命的最後時光。

馬卡爾．西蒙諾夫並未聽從阿克謝諾夫的話，跑去向獄方自首。

當阿克謝諾夫的出獄許可令下達時，阿克謝諾夫已然過世了。

高加索俘虜

1872

Кавказский пленник

1

有位貴族軍官在高加索[1]服役，大家都稱他居林。

某天他收到家中來信，老母親在信裡寫道：「我已經老了，希望臨終前能見親愛的兒子一面。盼你回來與我道別，讓我入土爲安，再請上帝護佑你回去服役。我已爲你挑好未婚妻：她聰明、美麗又多金。你若是滿意，就與她成親，那我也能放心了。」

居林讀完信，陷入沉思：「是啊，母親上了年紀，身體也不好。這次不回去，或許就見不到她最後一面了。我還是回家一趟，假如未婚妻條件不錯，與她成親也無妨。」

於是他去找上校請假，向同袍告別，又招待自己的部下喝了四桶伏特加，方準備啟程。

是時高加索一帶烽煙四起，無論白天黑夜，在路上行走都充滿危險。俄國人不論身分階級，只要離開堡壘，不是被韃靼人[2]殺死，就是被俘虜至深山中。於是俄國軍方下了規定，一週兩次安排士兵護送行人穿越堡壘（行人走在中間，士兵分列於隊伍前後）。

當時正逢夏天，黎明時分車隊便群集在堡壘邊，待護送士兵出來，眾人便出發了。居林騎馬，行李另外裝車隨隊伍行進。

路程約莫二十五俄里。車隊速度很慢：一會士兵需要休息，一會換車輪出現問題，不然就是馬兒不肯前進——眾人不得不停下來等待。

太陽都過了頭頂，車隊才行進到一半路程。烈日炎炎、天氣燠熱、塵土飛揚，路上卻沒有半個遮蔭處。沿途盡是荒原，別說樹木，連株小小的灌木叢都沒有。

居林策馬走在前方，不時停下來等待車隊。聽見後方傳來號角聲，他知道車隊又要暫停了。居林心想：「不如我獨自出發，別等士兵了？我騎的是匹好馬，就算碰上韃靼人也能迅速逃脫。……還是我應該留下來呢？」

他停在那裡思考，這時一位名叫卡斯特林的軍官帶著槍，騎馬來到他身邊。他說：「居林，我們倆先走吧。我又累又餓又熱，襯衣濕得都能滴出水來。」卡斯特林的體型肥胖笨重，他熱得滿面通紅、汗流浹背。

居林想了想，問：「你的槍有子彈嗎？」

「有。」

「嗯，那就一起走吧。但要先說好——不能走散了。」

1高加索（Caucasus）位於西亞及東歐交界處，黑海、裡海之間的高加索山脈地區。
2其時俄國慣以「韃靼」（Tatar）一詞統稱徙入東歐、中亞、西伯利亞等地的突厥、蒙古人和其他遊牧民族。

於是他們先行出發了。

兩人策馬行走在荒原上，一邊閒聊一邊欣賞沿途風光，周圍視野遼闊。

過了荒原，道路朝兩山之間的峽谷延伸，居林便說：「我們應該上山探看，以免敵人從山背竄出來，我們卻沒發現。」

卡斯特林卻說：「有什麼好看的？我們還是向前走吧。」

居林不同意。

「不。」他說：「你在下面稍等，我去看看就來。」

於是居林掉轉馬頭，朝左邊山坡奔去。居林的座騎屬於狩獵用的良駒（他花了一百盧布從馬群中挑選，並且親自訓練），載著他一路飛馳，躍上峭壁。才剛登頂，居林便看見正前方約一百俄尺處，有近三十名韃靼人騎馬停在那裡。一見這情形，他立即掉頭回去；韃靼人也發現了他，全部衝上來，一邊疾馳，一邊掏槍。

居林策馬朝山下狂奔，高聲呼喚卡斯特林：「快拔槍啊！」並暗自向馬兒祈求：「親愛的，你要撐住啊！千萬別絆到腳！你若絆倒，我就完了。等我拿到槍，他們休想得逞！」

然而，卡斯特林並未留在原地等待，一看見韃靼人，便拚命朝堡壘方向狂奔——他來回抽打馬的兩肋，飛揚塵土中，只見馬尾甩動。

居林見狀，知道大事不妙。沒了槍，單憑一把軍刀無濟於事，他只能策馬回轉，朝護送兵的方向奔去，希望能擺脫韃靼人，卻看見前方有六人疾馳而來，攔截他的去路。儘管他的座騎是匹良駒，可韃靼人的馬比他更精良，才有辦法橫切過來攔阻他。居林連忙減速想往回跑，然而馬匹衝得太快，收不住勢，竟直直朝敵人奔去——只見一名騎著灰馬的紅鬍子韃靼人離他越來越近，對方齜牙咧嘴，尖聲怪叫，舉槍瞄準他。

「哼，我知道你們這幫魔鬼想幹什麼。」居林想：「假如我被他們活捉了，會被丟進坑裡，再用鞭子抽打。我不會讓他們得逞的！」

居林雖然個頭小，卻十分勇敢。他抽出軍刀，縱馬直奔紅鬍子韃靼人，內心暗忖：「我不是用馬撞你，就是用刀砍你。」

當居林離紅鬍子僅有一馬之遙時，有人從後方朝他開了幾槍，射中了他的馬。馬兒猛然倒地——壓住居林的一條腿。

居林想起身，可是兩個臭烘烘的韃靼人已經騎坐在他身上，把他的雙手反剪到背後。他使勁掙扎，想擺脫壓在身上的敵人，於是又有三個韃靼人跳下馬，衝上來用槍托重擊他的頭部。

居林眼前一黑，身子也搖晃起來。韃靼人抓住他，從馬鞍解下備用的馬肚帶，將他的雙手反綁在背後，打了個韃靼結，再把他拖到馬鞍邊。他的帽子被打掉，靴子也給搶走，全身上下都被搜了一遍，錢與手錶沒了，衣服也撕得破破爛爛。

居林望向自己的愛駒，牠仍側躺在地，只剩腳在抽動，卻觸不到地。牠的頭被打穿一個洞，不停湧出黑色血漿，染濕了周圍沙地。

一個韃靼人上前，想卸下馬鞍；馬兒不停掙扎，韃靼人掏出短劍，割斷牠的喉嚨。馬兒喉中發出一絲哀鳴，抽搐一下，便斷氣了。

韃靼人取走所有馬具，紅鬍子翻身上馬，其餘人把居林弄上馬背。爲免他掉下來，還用皮帶將兩人腰部綑在一起，隨後朝山裡奔去。

居林坐在紅鬍子身後，身體搖來晃去，臉龐不時擦撞韃靼人臭烘烘的背脊。視線所及只有韃靼人魁梧的後背、青筋浮凸的脖頸與露在帽簷外，剃得發青的後腦勺。

居林的頭被打破了，血塊凝結在眼皮上；他無法在馬上調整姿勢，也無法擦去血跡。他的雙手綁得很緊，鎖骨隱隱作痛。

他們花了很長時間跋山涉水，終於來到大路上，往山谷前進。居林想要記下路線，看自己被運往何處，可雙眼被血糊住，身體也無法轉動。

天色逐漸昏暗，他們又渡過一條小溪，爬上一座石山，炊煙、狗吠變得清晰可聞。

他們進入一座阿烏爾村落[3]，韃靼人翻身下馬，韃靼小孩群聚過來，包圍居林，高聲叫喊、興奮不已，撿起碎石子朝他扔去。

紅鬍子趕走小孩，把居林從馬上解下，呼喚自己的僕人。一個顴骨突出、僅著一件襯衣的諾蓋人[4]應聲前來，他的襯衣破破爛爛的，露出整片胸膛。

紅鬍子吩咐幾句，僕人便拿來一副腳鐐：兩小截橡木用幾個鐵環串到一塊，其中一個鐵環穿了副鎖孔。

他們解開居林手上的繩結，給他套上腳鐐，帶到一間小棚屋，把他推進去後鎖上門。

居林倒在牲畜糞便上躺了一會，在黑暗中摸索，找到一處稍微柔軟的地方，便躺下來休息。

2

居林幾乎徹夜無眠。這時節晝長夜短，他看見曙光從牆縫中透進來，於是起身把牆縫挖大些，偷窺外頭情形。

透過牆縫，他看見一條道路通往山下，右方是一間韃靼式平頂石房，旁邊有兩棵樹。一條黑狗躺在門檻上，還有母山羊領著幾頭小羊，在那兒甩著尾巴走來走去。一名韃靼少女正要下山：她上

3 俄文爲Ayл，突厥語意爲村落，是高加索地區一種堡壘式村落。通常爲兩層樓高的石造建築，主要建在懸崖上，防止敵人入侵。

4 諾蓋人（Nogais），又稱高加索蒙古人，已完全突厥化，信仰伊斯蘭教。今日主要分布於俄羅斯（多集中於達吉斯坦共和國與烏拉爾河一帶）、羅馬尼亞與土耳其。

身套著寬鬆的彩色長衫，腰間無繫帶，下身穿著長褲與長靴。少女用男性長袍覆蓋頭部，上方頂著一個裝水的大鐵罐；她彎腰行走，背部因重量微微發抖，一手還牽著一個剃了髮、僅著一件罩衫的小男孩。

少女頂著水罐進屋，另一個韃靼人走出來，是居林昨日見過的紅鬍子。他穿著突厥人的絲綢長袍，腰間掛了一把銀短劍，腳上套鞋，頭戴高頂黑色羊皮帽，帽子還歪向腦後。出屋後他伸個懶腰，摸摸鬍子，站在那裡對僕人吩咐幾句，便離開了。

而後有兩個小孩騎馬過來飲水，馬兒鼻孔直噴氣。很快又跑來幾個光頭小男孩，他們只穿一件罩衫，屁股光溜溜的，成群結隊走近小棚屋，撿起樹枝就往牆縫裡塞。居林朝他們大喝一聲，孩子便一哄而散，只見他們赤條條的小腿四處閃動。

居林喉嚨發乾，口渴不已，希望能有人來探視；這時棚屋外傳來開鎖聲，紅鬍子與另一個陌生男人走了進來。

這男人個子較矮、膚色黝黑，但是氣色紅潤、黑眸明亮，一口鬍髭修得齊短，臉上始終掛著笑容，看來心情很好。他的衣著打扮比紅鬍子還要精緻：頭戴高頂白色羊皮帽，身著綴有金邊的藍色絲綢長袍，腰間佩掛一把大型銀短劍，腳上紅鞋則以上等羊皮製成，同樣綴有銀色滾邊，外頭還套了一雙更寬大的皮鞋。

紅鬍子進來後，說了幾句話，像是在罵人，之後便站在那兒不動，手倚在門框邊，不時撥弄腰間短劍，一邊斜視居林，宛如一頭不懷好意的狼。黝黑男則是精力充沛，動作敏捷，全身上下好似裝了彈簧——他逕直走向居林，蹲下來，咧嘴大笑，拍拍居林的肩，嘰哩咕嚕說了一串韃靼語，又是擠眉弄眼，又是彈舌咂嘴，不停重複道：「好，烏羅斯[5]！好，烏羅斯！」

居林一句也聽不懂，只道：「我口渴，給我水喝！」

黝黑男仍在笑，重複那句韃靼語：「好烏羅斯！」

居林以嘴唇與手勢示意，要他們給他水。

黝黑男懂了，他笑起來，望向門外，高聲呼喚：「季娜！」

一名纖細瘦小的女孩跑過來，她的年紀約莫十三歲，長相酷似黝黑男，看樣子是他的女兒。女孩同樣有雙明亮黑眸與美麗臉龐，身穿一襲藍色寬袖長衫，前襟、袖口與下襬皆綴有紅色滾邊，腰間無繫帶，下身另著長褲。她的腳上穿著皮鞋，外頭另套一雙厚底鞋，脖子上掛了一串銀幣項鍊，嵌的全是俄羅斯五十戈比銀幣，頭頂沒有任何裝飾物，烏溜溜的黑髮梳成一條辮子，髮辮裡纏著絲帶，上頭掛有幾片金屬與一枚銀盧布。

聽完父親吩咐，女孩跑出去，然後帶了一罐水回來。她把水遞給居林，自己蹲坐下來，彎伏著

5 即俄羅斯、俄羅斯人之意。

身體，雙肩壓得比膝蓋還低。她維持這樣的坐姿，瞪大雙眼注視居林喝水，彷彿在看某種野獸。

居林喝完水，把鐵罐遞還給她。女孩卻像頭野山羊似地跳開，連她父親都笑了出來。

黝黑男人又派女孩去做別的事，她抓起鐵罐跑了，隨後用一塊圓木板端來白麵包，再次蹲坐下來，壓低身子，目不轉睛地盯著居林。

之後韃靼人便離開了，再次把門鎖上。

沒多久，那名諾蓋人來了，對居林說：「去，主人，去！」

諾蓋人同樣不會說俄文，但居林明白他是要帶自己去某個地方。

居林只能拖著腳鐐一拐一拐前進，既無法邁步行走，也無法改變方向。

他跟隨諾蓋人出了棚屋，映入眼簾的是韃靼人的村落，約有十幾戶平房與一座建有塔樓的清眞寺。

其中一戶人家面前有三匹上了鞍的馬，幾個男孩牽著馬的轡繩。黝黑男從這間屋裡跳出，揮手示意居林過來。他的臉上帶著笑容，說了幾句韃靼語又進屋了，居林於是跟著他進屋。

裡間裝飾得很漂亮，牆壁用黏土抹得光滑平整，正對面的牆下堆放色彩斑斕的絨毛被褥。兩側牆壁掛有昂貴的壁氈，上頭另掛著火槍、手槍與軍刀——全都鑲了銀；其中一側牆面嵌了座小爐灶，與地面齊平。黃土地板乾淨得如同晒穀場，每個角落都鋪了毛氈，上方又加鋪地毯，地毯上還擺放幾個絨毛座墊。

五個韃靼人坐在地毯上，分別爲黝黑男、紅鬍子與其他三位客人。他們全部穿著拖鞋，背靠絨毛座墊，面前擺放一塊圓木板，上頭有黃黍餅、牛油與一小罐韃靼人釀造的啤酒——布扎[6]。他們用手抓食，吃得滿手油膩。

黝黑男跳起來，命人將居林帶到一旁坐下——不是坐地毯，而是光禿禿的地板。接著他又坐回原位，勸客人吃餅喝酒。僕人安置好居林，自己脫了套鞋，與旁人的鞋子一塊擺在門邊，然後坐在離主人稍近的毛氈邊，眼巴巴看著他們吃東西，猛擦口水。

男人們吃飽後，一名韃靼婦人進來，她的衣著打扮和先前那位少女相同，只是包了頭巾。婦人收走剩餘的黃黍餅和牛油，端上一個漂亮的木盆與細頸水壺。男人們開始洗手，而後雙手合十，跪坐在地，朝四方吹氣並誦念禱詞。

接著，這群男人用韃靼語交談一會，其中一名賓客轉向居林，用俄語說：「你，被卡齊—穆罕默德捉了。」他指向紅鬍子。「他把你給了阿布杜爾—穆拉特。」又指向黝黑男。「阿布杜爾—穆拉特現在是你的主人了。」

6俄文原文爲 буза 或 боза，中文譯名有布扎或博薩。一種用黃黍、蕎麥釀制的低度酒精飲料，源於十世紀的中亞，後普及至高加索與巴爾幹一帶。

居林沉默不語。

阿布杜爾—穆拉特開口了，他滿面笑容，指著居林，不停說道：「兵，烏羅斯！好，烏羅斯！」

翻譯說：「他要你寫信回家，叫人送贖金來。錢送到了，他就放你走。」

居林想了想，開口問道：「他想要多少贖金？」

韃靼人商量了一會，而後翻譯說：「三千盧布。」

「不成。」居林說：「我沒這麼多錢。」

阿布杜爾跳起來揮舞雙手，朝居林講韃靼語，好像以為他聽得懂。翻譯轉譯道：「你能給多少？」

居林思索一會，說：「五百盧布。」

這票韃靼人迅速討論起來。阿布杜爾對紅鬍子大呼小叫，語速急促，口沫橫飛；紅鬍子則是瞇起眼睛，不時發出嘖嘖聲。

終於，他們安靜下來。翻譯說：「主人嫌五百盧布太少，光是買你就花了兩百盧布。卡齊—穆罕默德欠他錢，用你來還債。贖金三千盧布，半點都不能少。你若不肯寫信，就把你丟到坑裡，再用鞭子抽你。」

「哼！」居林暗忖：「跟這幫傢伙交涉，越是膽小，情況越糟！」

於是他跳起來大叫：「你對這狗娘養的傢伙說，他若想嚇唬我，那他連一個戈比都別想拿到！

信我也不會寫。本人向來天不怕地不怕，更不會怕你們這群狗娘養的傢伙！」

翻譯轉譯他的話，這群韃靼人又商議起來。

這回他們討論了很久，而後阿布杜爾跳起來，走到居林面前說：「烏羅斯，知吉特[7]！知吉特，烏羅斯！」

阿布杜爾面帶笑容，對翻譯說了幾句話。翻譯又對居林說：「那就給一千盧布吧！」

居林仍堅持道：「只有五百盧布，多的不給。若是殺了我，你們什麼都拿不到！」

韃靼人又商討了一陣子，還派僕人出門。他們一會看看居林，一會又望向門口。僕人回來了，身後跟著一名衣衫襤褸的胖子，赤腳上同樣戴著腳鐐。

居林驚叫一聲，認出來人是卡斯特林，原來他也被抓了。兩人坐在一起互相交談，韃靼人在旁靜靜觀看。居林講述自己的遭遇，卡斯特林則說，他的馬不肯跑，火槍也卡彈了，正是這位阿布杜爾追上來抓了他。

阿布杜爾又跳出來，指著卡斯特林，說了幾句韃靼語。

翻譯說，現在他們倆同屬一個主人，誰先交錢，就先放誰。

7 韃靼語意爲「勇士」。

「你看看你，老是發脾氣。」翻譯對居林說：「你的同伴可乖了，他已經寫信回家，要求五千盧布的贖金。我們會好吃好喝地招待他。」

居林仍說：「我的同伴想怎麼做是他的事。他或許很有錢，可我不是。正如先前所說，超過五百盧布我是不會寫信的。你們若想殺了我——就什麼都得不到。」

衆人沉默一會。忽然，阿布杜爾跳起來，拿出一口小箱子，從箱子裡取出羽毛筆、墨水和幾張紙，統統塞給居林，拍拍他的肩膀說：「寫。」看來是同意五百盧布贖金了。

「等等！」居林對翻譯說：「你告訴他，要讓我們吃好穿好，還要關在一起——這樣我們才會開心，還有，要解開我們的腳鐐。」他看著主人，露出笑容，主人也笑嘻嘻的。

聽完後，主人說：「我會給他們最好的衣服：一套切爾克斯袍[8]、一雙長靴——都可以當新郎了！吃的會和王公貴族一樣好！他們若想住一起，就關在同一間棚屋。可是腳鐐不能解開——他們會逃跑。只有晚上才能拿下來。」

說罷，他又跳起來，拍拍居林的肩，道：「你的好！我的好！」

居林寫完信，但住址亂寫一通，讓信件無法順利投遞。他想：「我一定要逃！」

居林與卡斯特林又被送回棚屋。韃靼人給他們送來一些乾草、一罐水和麵包，還有兩套陳舊的切爾克斯袍與破爛的軍用長靴，一看就知道是從陣亡士兵身上剝下來的。到了夜晚，韃靼人又過來棚屋，解開他們的腳鐐，並鎖上棚屋的門。

3

居林和卡斯特林就這樣被關了一個月。

主人臉上總是掛著笑容：「你的，伊凡，好；我的，阿布杜爾，好！」然而他們的伙食並不好，往往只有寡淡無味的黃黍烙餅，有時甚至送來完全沒烤過的生麵團。

卡斯特林又寫了一封信回家。他總是盼望家人送錢過來，內心苦悶不堪，成天坐在棚屋裡計算信件何時抵達，不然就是躺下來睡覺。至於居林，他知道自己的信不會送達，也不再寫信。

他想：「母親上哪籌這麼多錢來贖我啊？她的生活費大都靠我寄給她。若要她拿出五百盧布，家裡應該就破產了。上帝保佑——我還是自己想辦法吧。」

於是居林一直觀察，嘗試如何逃跑。有時他吹著口哨在村裡走動，有時坐下來弄點小玩意，比如捏捏泥偶或編製籐籃等——可說是村裡的全能工匠大師。

8 切爾克斯（Cherkess）爲高加索西北部的一個民族，男性切爾克斯袍特色爲開襟、束腰的長袍，胸前縫上幾個細長口袋，可放子彈。

有一次他捏了個精緻泥偶：有手有腳有鼻子，還穿著韃靼人的服飾。他把泥偶放到屋頂上。韃靼婦人出外打水，主人的女兒季娜發現了泥偶，叫來其他女孩。她們把水罐放在地上，看著泥偶嘻嘻笑。居林取下泥偶遞給她們。女孩們只是笑，不敢伸手接。於是居林把泥偶放地上，走回棚屋裡，偷看後續發展。

只見季娜跑過來，看看四周，抓起泥偶就跑了。

隔天清晨，居林看見季娜捧著泥偶出門。她已經給泥偶包上紅布，哄嬰孩似的搖晃它，嘴裡低聲吟唱韃靼歌謠。這時一個老太婆走出來，痛罵季娜一頓，還搶走泥偶往地上摔，隨後派季娜去別處做事。

居林又做了一個更加精緻的泥偶送給季娜。

某次，季娜帶來一個鐵罐，她放下罐子，坐在地上看著居林，面帶笑容指指鐵罐。

「她在高興什麼？」居林心想，便拿起鐵罐喝了起來。他本以為是水，結果竟是鮮奶。

「好！」居林說。

季娜聽了十分高興。「好，伊凡，好！」她跳起來拍拍手，一把搶走鐵罐，又跑開了。

此後，季娜每天偷偷給居林送鮮奶。有時韃靼人用羊奶做乳酪餅，放在屋頂上曬乾——她就會趁機偷拿幾片給他；某次遇上主人宰羊——她甚至把一塊羊肉藏在袖子裡帶來，丟了就跑。

某天下了場大雷雨，傾盆雨勢持續了整整一個鐘頭。山溪因暴雨變得混濁不堪，原可涉足而過的淺灘，水位全上漲了三俄尺，激流夾帶石頭滾滾而過、四處奔流，水聲隆隆響徹山中。

雷雨過後，整座村子積水成河。居林向主人要了把小刀，用來雕刻圓木與幾塊碎木片，做成一組車輪，輪子兩端各安裝一尊木偶。

女孩們送來幾塊碎布，居林便用這些碎布裝扮木偶：一個扮成男人，一個扮成女人。木偶固定完畢，他把車輪放進水裡，輪子順著水流不停轉動，上方兩尊木偶也跟著上下跳動。

全村居民無論男女老幼都來圍觀，嘖嘖說道：「啊呀，烏羅斯！啊呀，伊凡！」

阿布杜爾有一只俄國懷錶，可是壞了。他叫來居林，指指懷錶，咂嘴彈舌。

居林便說：「交給我來修理吧。」

他接過懷錶，用小刀撬開外殼，拆解裡頭的零件，重新調整復位，便修好了。

主人十分歡喜，賞他一件又破又舊的突厥長袍。居林沒辦法，只能收下來——好歹晚上可以拿來當被子蓋。

自此以後，居林便出名了，韃靼人視他爲工匠大師，就連老遠的村落都有人跑來找他修錶、修理槍機的閉鎖裝置或清潔手槍等。主人替他弄來一組工具：有小鉗子、小鑽子與銼刀。

還有一回，某個韃靼人生病了，村民也跑來找居林：「去，治病。」居林根本不會治病，但還是去了。看完病人後，他想：「或許他會自己痊癒。」便回棚屋取了水、沙子，混在一起攪拌，然後當著許多韃靼人的面，對這杯水喃喃念咒，讓病人喝下去。算他走運，這名病人眞的康復了。

居林逐漸懂得一點韃靼語，有些韃靼人需要幫助時，也習慣過來找他，每次來都會高喊：「伊凡、伊凡！」可有些韃靼人仍視他爲猛獸，充滿防備。

紅鬍子就不喜歡居林，每次見到他，總會皺起眉頭背過身去，或是咒罵一番。還有一個老人，他不住在村裡，而是山下某處；當他來清眞寺祈禱時，居林才有機會見到他。

老人身材矮小，頭上的帽子纏著一圈白布條。他的臉布滿皺紋，赭紅如磚；鬍鬚修得齊短，白如絨絮。他有一副鷹勾鼻，眼珠是灰色的，眼神兇狠，牙齒幾乎都掉光了——僅剩兩顆犬齒。每次來村落，老人都纏著頭巾、手拄拐杖四處張望，像頭狼似的；一見居林，便發出哼聲，扭過頭去。

有一次，居林尾隨老人下山，想看他到底住在哪裡。他沿著小路向下，發現一處小院落，圍牆以石頭砌成，院內栽種櫻桃樹、杏樹，還有一間平頂小木屋。他走近些，看見裡頭放了幾個用玉米莖編織的蜂箱，蜜蜂嗡嗡嗡地飛來飛去。老人跪在地上，忙著打理其中一座蜂箱。

爲了觀察老人，居林爬得高一些，不料牽動腳鐐發出聲響。老人回頭一看，大聲尖叫，掏出腰間配掛的手槍，直接朝居林開槍。居林趕緊躲到石頭後方，險險躲過這一槍。

老人跑去跟主人告狀。主人叫來居林，面帶笑容問他：「你爲什麼跑去老人那裡？」

居林說：「我沒有惡意，只是想看看他怎麼生活。」

主人轉達了這句話。老人依然憤怒不已，扯著嘶啞嗓音，嘰嘰咕咕咒罵，齜牙咧嘴地朝居林揮舞拳頭。

居林聽不懂所有內容，但明白他要求主人殺掉俄羅斯人，別留在村裡。最後，老人終於走了。

居林便問主人：「這個老人是誰？」

主人說：「這可是個大人物。他曾是第一流的騎手，殺了很多俄羅斯人，非常有錢。他曾有三個老婆與八個兒子，都住在同一座村裡。某天，俄羅斯人來了，洗劫全村，還殺了他七個兒子，剩下的那個兒子則是投靠俄羅斯人，留下一命。老人後來主動向俄羅斯人投降，在那裡住了三個月，找到自己的兒子，親手殺了他才逃走。

「此後，他不肯再打仗，跑去麥加朝聖，因此他才會纏著頭巾。去過麥加的人稱爲『哈吉』[9]，且要纏著頭巾。他不喜歡你們俄羅斯人，叫我殺了你。但我不能殺你——我花錢買了你，而且我欣賞你，伊凡。我不僅不會殺你，還想把你留下來，可惜我已發過誓了。」

主人笑著用俄語說：「你的，伊凡，好！我的，阿布杜爾，好！」

4

9 阿拉伯語，意爲「巡禮人」或「朝覲者」，爲伊斯蘭文化中，給予曾經前往聖地麥加進行朝覲，並按規定完成朝覲功課之男女穆斯林的尊稱。

如此又過了一個月，白天居林就在村裡閒晃或做點手工；入夜後，村落逐漸安靜下來，他便在棚屋內挖洞。由於是石造建築，挖洞十分困難，他只能用銼刀去磨石頭，終於在牆腳下挖出一個小洞——勉強能往外鑽。

「只剩熟悉地形了。」他想：「我得知道從哪個方向逃才行，可韃靼人都不肯說。」

於是趁著主人外出，居林用完午飯後，便跑到村子後山，想從那裡觀察地形。然而主人離家之際，吩咐自己的小兒子要看緊居林，寸步不離地跟著他。因此少年跟在居林身後，大聲喊道：「不准走！父親不同意！你再走我就叫人囉！」

居林便說服他：「我不會走遠。只是想上山找點草藥，幫你們村人治病。你跟我一起來吧，我戴著腳鐐也逃不掉。明天我給你做一副弓箭。」

少年相信了，兩人便一起上山。

後山看來並不遠，然而居林戴著腳鐐難以行走。就這麼走著走著，費了一番工夫，終於爬上山頂。居林坐下來，環顧周遭地形：正午時分，山後谷地有馬群在吃草，下方還有一座阿烏爾村落；村落旁是一座更陡峭的山，山外還有一山，兩山之間有片蓊鬱蒼翠的樹林。後方群峰層疊，一山比一山高，幾座高峰頂部覆蓋糖霜似的白雪，其中一座雪峰尤爲突出。無論東西向，放眼望去盡是綿延山巒，峽谷中藏有阿烏爾村落，升起裊裊炊煙。

「嗯，這裡都是他們的地盤。」居林心想。他又朝俄國方向眺望：山腳下是條小溪和他所待的村落，外圍環繞果園、菜園，一群婦女坐在溪邊洗衣，看上去小得如同玩偶。村子後方是一座較矮的山，越過此山還有兩山，全爲樹林覆蓋；兩山之間有塊綠色谷地，遠方升起幾縷輕煙。

居林開始回想，當他住在堡壘時，太陽從哪個方向升起落下。顯然，這處谷地的遠方應該就是他們的堡壘所在。他該往這兩座山的中央逃跑。

太陽漸落，雪峰也由白轉紅，黑黝黝的群山益發深暗；谷地升起炊煙，在夕陽餘暉映照下，俄羅斯堡壘恍若置身於熊熊烈焰中。居林定睛細看——谷地遠處聳立某座建築，煙囪正往外冒煙。他想，這一定就是俄羅斯堡壘。

天色晚了。下方傳來穆拉[10]的喊叫，村民忙著驅趕家畜，母牛哞哞直叫。少年不停催促：「我們快走吧！」可居林眞不願離開。

他們回到村裡。居林心想：「嗯，現在我搞清楚地形了，是時候逃走了。」

他本想當晚就逃，是夜黑沉沉的，沒有月光；不幸的是，韃靼人當晚就回村了。他們通常興高采烈地趕著牲畜回來，可這一次他們沒帶回半頭牲畜，只用馬匹馱回一具韃靼人的屍體——是紅鬍

10阿拉伯語，意爲先生、老師，是對受過伊斯蘭神學或教法的教士與清眞寺領導者的一種敬稱。

子的兄弟。他們怒氣沖沖，集合在一起打算埋葬死者。

居林出來觀看儀式。看見他們以麻布裹屍，不用棺材，而是用懸鈴木[11]將死者抬到村外，放在草地上。

穆拉來了，老人們群聚在一起，將白布條纏到帽子上，他們脫了鞋，五人按次序排列坐在死者面前：穆拉坐最前方，後方並排端坐三名頭纏白布的老人，其餘韃靼人則坐在老人後方。

眾人坐在草地上，垂頭不語，長時間的默哀接著，穆拉抬起頭，說道：「阿拉！」說完後又低下頭來，靜默一段時間。眾人就這麼靜靜坐著，一動也不動。穆拉再次抬頭說道：「阿拉！」眾人齊聲同喊：「阿拉！」全場再度靜默如初。

死者靜靜躺在草地上，眾人也僵硬地坐在地上，無人移動分毫。現場只有懸鈴樹葉的沙沙聲響不斷。而後穆拉念了一段禱詞，眾人起身，徒手抬起死者，將其移到挖好的墓穴邊。這墓穴並不像一般土坑，而是形如地窖。眾人伸手穿過死者腋下，握住腳踝，蜷起屍體擺成坐姿，慢慢放入墓穴底，再將死者雙手擺在腹部上方。

諾蓋人拖來青色蘆葦，眾人將蘆葦鋪在墓穴裡，接著迅速填平墓穴，在死者頭部上方立了一塊石碑。眾人將墓地踩實，再次面朝石碑坐成數排，爲死者長久默哀。

「阿拉！阿拉！阿拉！」眾人高喊完畢，站起身來。

紅鬍子給老人一些錢，接著起身，拿鞭子往自己額頭敲三下，就回家了。

隔天早晨，居林看見紅鬍子牽了一匹母馬向村外走去，後頭還跟著三名韃靼人。到了村外，紅鬍子脫下長袍，挽起袖子，露出兩條結實的臂膀，接著拔出短劍，放在磨刀石上磨一磨。另外三個韃靼人把母馬的頭往上抬，紅鬍子走過來，揮劍割斷母馬喉嚨，放倒馬匹，開始剝皮——而且是徒手剝皮。幾名婦女過來清洗腸子、內臟，紅鬍子接著將母馬切割成好幾塊帶回家，所有村民聚集到他家裡吃喪宴。

接連三天，韃靼人吃馬肉、喝布扎酒、悼念死者，所有人都待在家中，避不出門。到了第四天中午，居林看見韃靼人又集合在一起，他們約有十人，牽來馬匹，裝束妥當，便騎馬走了，紅鬍子也在其中，只有阿布杜爾留在家裡。

如今月相為新月，入夜後，天色依然黑暗。

居林心想：「對，應該選在今天逃跑。」並告訴卡斯特林。但卡斯特林不敢逃。

「怎麼逃啊？我們又不知道路。」

「我知道路。」

「我們不可能一個晚上就走回堡壘。」

11屬落葉喬木，本屬約十種，主要分布在歐亞大陸及北美洲溫帶氣候區。

「不行的話，我們就在樹林過夜，我準備了一些烙餅。難道你想乾坐在這裡等待？錢能送來自然最好，可若是湊不到錢呢？韃靼人現在可兇了，因爲俄羅斯人殺了他們的弟兄。聽說，他們正考慮殺掉我們呢！」

卡斯特林左思右想，終於說：「好，我們逃吧！」

5

居林爬進洞裡，把洞挖大一點，以便卡斯特林通過。之後兩人坐下來，等待村民入睡。村裡方寂靜下來，居林便立刻鑽進洞裡，爬了出去，再悄聲對卡斯特林說：「來呀！」卡斯特林也爬出來了，腳卻勾到石頭，發出聲響。

主人家守備森嚴，養了一條兇惡無比的花斑狗，名喚烏里亞辛。牠聽見聲響，立刻吠叫著衝過來，身後還跟著一群狗。

居林先前餵過烏里亞辛，他輕吹口哨，丟出一塊烙餅，烏里亞辛認出居林，便停止吠叫，搖起尾巴示好。

主人聽見狗吠聲，在屋內喊道：「嗨呀！嗨呀！烏里亞辛！」

居林搔搔烏里亞辛耳朵後方，狗兒安靜下來，搖搖尾巴磨蹭他的腳。

兩人在角落坐了一會，周遭又恢復平靜，只聽見綿羊在屋舍裡咩咩叫，和下方小溪沖刷石頭的嘩嘩聲。夜色漆黑，繁星高掛天空，一彎紅色新月懸於山頭；山谷間霧氣瀰漫，霧色濃白如奶水。

居林起身，對同伴說：「好了，兄弟，走吧！」

他們出發了。才剛走幾步，便聽見穆拉在屋頂上高聲誦唱：「阿拉！畢斯米拉！阿爾拉赫曼！」[12]——這表示村民要上清眞寺做禮拜了。他們又躲回牆腳下。兩人坐了許久，等村民全數經過，四周又安靜下來。

「好了，求上帝保佑！」兩人畫了十字，再次出發。他們穿過一處院落，爬下峭壁，涉過溪水，進入谷地。周遭濃霧瀰漫，不過都聚集在低處，頭頂星辰依然清晰可見，居林以此辨識方向。霧氣寒涼，兩人輕快步行，唯獨靴子不合腳，走起路來磕磕絆絆。於是居林脫掉靴子，丟了，赤腳踩著石頭跳躍前進，不時觀看星辰辨認方位——卡斯特林卻是逐漸落後。

「走慢點。」他說：「該死的靴子！我的腳都磨破了！」

「你就脫了鞋吧！走路會輕鬆點。」

12阿拉伯語意爲「奉至仁永仁的眞主之名」，中文音譯爲「太斯米」或「畢斯米拉」。太斯米在古蘭經中，除了第九章外，每章皆以此句爲開頭；穆斯林每日例行的五次禮拜也須誦唸太斯米。

卡斯特林也跟著赤腳行走——情況反而更糟，他雙腳都給石頭劃破了，依然落在後頭。

居林對他說：「腳受傷會復原，可一旦被追上——我們就死定了。這更糟糕。」

卡斯特林沒有回應，邊走邊呼哧喘氣。

他們在谷地裡走了許久。聽見右方傳來狗吠聲，居林停下來觀察一番，摸索著爬上山壁。

「唉，走錯了。」居林說：「我們偏到右邊來了。這是另一座阿烏爾村落，我在山上見過。我們得回頭，向左走進山中，那裡應該有片樹林。」

卡斯特林卻說：「等等再走好嗎？讓我休息一下——我腳都在流血。」

「欸，兄弟，腳傷會好的。你跳的時候要輕一點，像這樣……」

於是居林向後跑，左轉入山，進了樹林。卡斯特林仍落在後頭，頻頻呻吟；居林不時噓他，自己依然不停前進。

他們爬上山，那裡果然有片樹林。兩人走進樹林，荊棘割破了他們身上僅有的一件衣服。終於他們發現一條林中小路，便沿路前行。

「停！」路上響起動物踩踏的蹄聲，他們停下腳步，仔細聆聽。那噠噠聲像馬兒的蹄聲，卻又停止不動。

兩人再次移動，蹄聲隨之響起；兩人停下腳步，那東西也跟著不動。居林便趴下來，慢慢爬向前方，就著微弱光線望向小路——只見某個動物站在那裡，外形似馬卻又不是馬，身上多了某樣怪東西，卻不像馱著人類——牠的鼻子還會噴氣。

「這是什麼怪物？」居林輕吹口哨，那動物飛也似地逃進樹林，發出一陣劈哩啪啦的聲響，如同暴風摧折樹枝。

卡斯特林嚇得倒在地上，居林則笑道：「這是一頭雄鹿。你聽見了嗎？那是鹿角折斷樹枝的聲音。我們怕牠，牠也怕我們。」

於是兩人繼續向前。大熊星[13]已開始西偏，表示天快亮了。居林不知道自己有沒有走對方向，他想，韃靼人應該是沿這條路將他押解回村，此處距離他駐紮的堡壘約莫還有十俄里。然而，這裡沒有準確的標誌，現在又是夜晚，無法清楚辨識路徑。

他們走到一處林間空地，卡斯特林一屁股坐下來，說：「你愛走便走吧，我不走了！我的腳已經走不動了！」

居林開始勸他。

卡斯特林依然說：「不，我不走，走不動了！」

居林生氣了，朝他吐一口口水，痛罵他一番，最後說：「那我就一個人走了——再見！」

13即中國的北斗七星。

卡斯特林一聽，趕緊跳起來，跟他一起走。

兩人又走了四俄里。樹林裡霧氣更濃，他們什麼都看不清，連頭頂的星星都朦朧難辨。

忽然，前方傳來馬蹄聲——馬蹄鐵敲擊石頭的聲音清晰可聞。居林趴下來，耳朵貼在地面仔細聆聽。

「沒錯，有人騎馬朝這邊過來了。」

他們立刻離開道路，躲進樹叢，坐在那裡等待。居林小心爬到路邊——看見一名韃靼人騎馬趕著母牛過來，嘴裡不停喃喃自語。

待韃靼人經過，居林轉身對卡斯特林說：「上帝保佑——起來吧！我們走。」

卡斯特林剛起身又跌坐下來。

「不行了……我的上帝啊，眞的不行了……我完全沒力氣了。」

卡斯特林是個胖子，走得滿身大汗，又被林子裡的寒冷霧氣包圍，加上腳受傷了——整個人虛脫無力。

居林使勁抬起他，卡斯特林卻大叫起來：「喔！好痛啊！」

居林愣住了。「你叫什麼叫？韃靼人離我們這麼近，會聽見的！」同時心想：「他確實沒力氣了。我該拿他怎麼辦？我不能拋棄同伴啊！」

「這樣吧，你站起來。」居林說：「既然你走不動，我來揹你。」

居林讓卡斯特林攀上背，用雙手托住他的大腿，扛著他往小路走。

「看在耶穌的份上，別勒我脖子。」居林說：「你抓我肩膀就好。」

居林十分吃力——他的雙腳同樣流血，整個人疲憊不堪。他不時彎下腰，微微調整姿勢，將卡斯特林的身體往上抬，再揹著他向前走。

這時，居林聽見後方有人追上來，還用韃靼語高聲呼喊——顯然，剛才那位韃靼人聽見卡斯特林的叫聲了。他們趕緊躲進樹叢。

韃靼人掏出火槍，開了一槍——沒中。他高喊幾句韃靼語，沿路飛奔回去。

「唉，兄弟，我們完了。」居林說：「這狗東西會召集一幫人來追我們。我們得再走三俄里——否則就完了。」他心想：「眞是見鬼了，我幹嘛給自己攬上這麼個重擔？我若是獨自一人，早就逃掉了。」

卡斯特林說：「你自己走吧。別讓我連累你。」

「不行，我不能丟下同伴。」

居林又揹起卡斯特林向前走。

如此走了一俄里，他們依然困在樹林裡，找不到出口。霧氣逐漸消散，天空似乎爲烏雲籠罩，已不見星星蹤跡。

居林疲憊至極。

路旁有一口石頭圍砌的小小泉井，他停下來，放下卡斯特林，說：「讓我休息一下，喝口水。我們可以吃點餅，這兒離堡壘應該不遠了。」

他才俯身喝水，便聽見後方傳來馬蹄聲——兩人趕緊向右跑，躲進山壁下方的樹叢裡，臥倒在地。

外頭響起韃靼人的聲音，這幫人就停在他們先前轉彎的地方。只聽他們討論了一會，隨後便放狗出來搜索。兩人聽見樹叢劈啪斷裂聲，接著，一條狗朝他們直撲而來，停下腳步，高聲狂吠。

韃靼人循聲找來——這幫人來自其他村落。他們抓住居林與卡斯特林，綁起來放在馬上馱回去。

走了約莫三俄里，迎面碰上阿布杜爾和另外兩個韃靼人。阿布杜爾與這群人商量幾句，便把居林他們轉放到自己馬背上，馱回村裡。

阿布杜爾沒了笑臉，一句話都不肯跟他們說。

他們在黎明時分回到村裡，居林倆被扔到街上。孩童們跑來，一邊尖叫，一邊用石頭、短鞭攻擊他們。

韃靼人圍成一圈，山下那個老人也來了——他們開始商議此事。居林聽見他們在討論如何處置他倆。

有些人說，應該把他們送進深山，老人卻說：「宰了他們！」阿布杜爾反對，說道：「我在他們身上花了不少錢，我要拿回贖金。」老人又說：「他們不會付錢的，只會帶來禍害。養著俄羅斯人就是種罪過，還是殺了好——一了百了！」

散會之後，主人來到居林跟前，對他說：「要是兩週後還拿不到贖金，我就殺了你們。你若再逃跑，我就把你當成狗一樣宰了。現在給我乖乖寫信！」

他拿來紙筆，兩人只能照做。而後，韃靼人又給他們戴上腳鐐，帶到清真寺後方。那裡有個將近五俄尺深的坑洞，兩人被推入坑裡。

6

他們的處境糟透了，腳鐐無法脫下，行動不便又不見天日。韃靼人像餵狗般丟給他們一些生麵團，再垂吊一罐水下坑。坑裡又濕又悶，卡斯特林病倒了，全身浮腫、痠痛無力，總是哀哀呻吟，或者陷入昏睡。居林也十分灰心，眼見大勢不妙，卻不知如何脫困。

他又開始挖洞，然而挖出來的土無處可藏；主人發現了，便威脅要殺他。

某次居林蹲坐在坑裡，懷想過去的自由生活，心情十分鬱悶。突然，有塊烙餅落在他膝上，緊接著又是一塊，隨後櫻桃紛紛落下。他抬頭一望，發現是季娜。季娜看了他一眼，笑著跑走了。

居林心想：「或許季娜能幫上忙？」

他清理出一小塊乾淨的地方，挖了些土，開始捏泥偶。他做了人偶、小馬與小狗，暗忖：「等季娜來了，就把這些東西扔給她。」

可是隔天季娜並未出現。居林聽見馬蹄聲——有一群人騎馬經過——韃靼人聚集在清眞寺附近，又是叫喊、又是爭論，還提起俄羅斯人。他聽見老人的聲音，儘管不是很清楚，但他猜測，應該是有俄羅斯軍隊接近此處，韃靼人擔心他們會進村，不曉得該拿兩個俘虜怎麼辦。

韃靼人商議完畢就離開了。忽然，居林又聽見上方傳來沙沙聲響。他抬頭一看，發現季娜蹲坐在那裡，頭埋進膝蓋，整個身子向前探，銀幣項鍊垂下來，在坑洞上方左右晃動。她的雙眼如同星星閃爍，從袖子裡掏出兩塊乳酪餅，朝他的方向丟下來。

居林接過餅，說：「你怎麼這麼久沒來？我給你做了些小玩具，接著！」他把泥偶一個接一個拋向她，可她只是搖頭，並未看向那些玩具。

「別再做了。」季娜說，她靜靜坐了一會，又說：「他們想殺你，伊凡。」她用手指指自己的脖子。

「誰要殺我？」

「爸爸，那個老人叫他這麼做。我眞同情你。」

居林便說：「你眞同情我，就幫我拿根長竿來吧。」

季娜搖搖頭：「不行。」

居林雙手合十，向她哀求：「季娜，拜託你！親愛的季娜，幫幫我吧！」

「不行。」她說：「會有人看到，他們都在家。」然後就離開了。

居林便這麼呆坐到傍晚，內心不停在想：「接下來怎麼辦？」他一直抬頭望著上方，星星出來了，可月亮仍未升起。

穆拉已結束誦唱，村裡又恢復寧靜。居林打起瞌睡，暗忖：「季娜不敢來了。」

突然，有塊泥土掉到他頭上。他向上看，發現一根長竿立在洞口邊緣，胡亂戳了一會，才慢慢往下滑動。居林高興極了，用手抓住竿子，往下拽了拽——竿子十分結實，他先前見過，就放在主人家屋頂上。

他抬眼望去，星星高掛天空，一閃一閃；而洞口處，季娜的雙眼如同貓兒，在黑暗中閃爍。她把頭探到坑前，悄聲呼喚：「伊凡、伊凡！」同時揮舞雙手示意他別出聲。

「怎麼了？」居林問。

「大家都出去了，只有兩個人在家。」

居林便說：「喂，卡斯特林，走吧，我們再試最後一次——我托你上去。」

卡斯特林不願聽從他的話。

「不，顯然我是逃不了了。」他說：「我連翻身的力氣都沒有，能逃去哪裡？」

「那就再見了，請見諒。」

他和卡斯特林吻別，然後抓住竿子，吩咐季娜抓緊頂端，開始往上爬——因為腳鐐阻礙，他兩度滑了下來，卡斯特林從下方托住他——費了一番工夫，總算爬上去了。季娜用兩隻小手抓住他的襯衣，使盡力氣將他往上拉，臉上露出笑容。

居林拿起竿子，說：「季娜，把它放回原位。要是讓人發現竿子不見了，你會挨打的。」

季娜拖著竿子回去了，居林則是朝山下走去。爬下峭壁後，他抓了塊尖銳石頭，開始敲打腳鐐的鎖。可鎖頭相當牢固，怎麼都敲不開，很難破壞。接著他聽見有人輕輕跳躍，奔下山來。他想：「大概又是季娜。」

來人果然是季娜，她抓起石頭說：「我來。」

她跪在地上敲打腳鐐。可她的手臂細得像兩根小樹枝，毫無力氣。她丟下石頭，哭了起來。居林拿起石頭，繼續敲打，季娜則蹲在旁邊，抓緊他的肩膀。居林回頭一看，發現左邊山後透出一抹紅光，月亮升起了。

他想：「得趁月亮完全升起前，穿越谷地，進入樹林。」於是他丟下石頭起身，儘管拖著腳鐐，可他必須出發了。

「再見了，親愛的季娜。」居林說：「我會永遠記得你。」

季娜抓住他，在他身上四處摸索，想找地方把烙餅塞進去。

居林接過烙餅。「謝謝你，好孩子。」他說：「我走了以後，誰來給你捏玩偶呢？」他摸摸她的頭。

季娜哭了出來，雙手掩面，宛如一頭小山羊跳著上山去了。黑暗中，只聽見她髮辮上的銀幣撞擊後背發出的清脆聲響。

居林畫了個十字，用手拎起腳鐐上的鎖，以免行走時發出聲音。他沿著山路，拖著雙腳一瘸一拐地前進，不時看向月亮升起、透出紅光的方向。他知道路線，須往前直走約八俄里，得趕在月亮完全升起前，先一步抵達樹林。

他越過小溪，山後那抹紅光逐漸轉白。他進入谷地，抬頭望向天空，仍未見到月亮蹤影，山後的紅光已經化為銀白，那一側谷地也變得越來越明亮，陰影隨之往山下縮移，與他的距離越來越近。

居林躲在陰影下行走，他不停趕路，可月亮上升的速度更快，已然照亮右方樹梢。他逐漸接近樹林，月亮已完全浮出山頭，散發銀亮光輝，將大地映照得如同白晝，所有樹葉都看得清清楚楚。山中朗如白日、靜謐無聲，好似萬物俱滅，只聞下方溪流潺潺。

居林終於抵達樹林——沿途沒碰到任何人。他選了一塊陰暗處，坐下來休息。

他休息一會，吃了塊餅，然後找了顆石頭，再度嘗試敲開腳鐐。他敲得雙手發疼，可仍舊無法破壞腳鐐。他只能起身，繼續上路，如此又走了一俄里，他感到渾身無力，雙腳也疼痛不堪，勉強走了十幾步，又停了下來。

「沒辦法。」他想：「只要還有一絲力氣，我就得拖著腳走。如果坐下來休息，我就起不來了。

看來今晚是走不到堡壘了——天亮後，我就躲在前面的樹林睡覺，休息一天，晚上再繼續趕路。」

於是居林走了一整晚，途中只碰上兩個騎馬的韃靼人，居林老遠便聽見他們的聲音，立刻藏在樹木後方。

月光逐漸黯淡，露水開始落下，黎明將至，可居林仍未走到樹林邊緣。

他想：「嗯，我再走三十步，然後躲進林子休息。」於是他又走了三十步，發現自己來到樹林盡頭。

他走出樹林，天色已經亮了，眼前正是荒原與俄羅斯堡壘；左方近處山腳下，有一團逐漸熄滅的營火，冒出陣陣濃煙，一群人圍坐火堆旁邊。他定睛細瞧——看見他們的佩槍閃閃發光，這是一群哥薩克[14]士兵。

居林十分高興，凝聚最後一絲力氣往山下走去，同時在心裡祈禱：「上帝保佑，在這種開闊的平地，千萬別讓騎馬的韃靼人發現我。雖然距離堡壘很近，可我還是逃不掉。」

才想到這裡，居林便看見左邊山丘站著三名韃靼人，那三人與他相距僅兩百俄尺遠。對方也發現他了，立刻追過來。

他心一沉，隨即揮舞雙手，高聲大喊：「弟兄們！救命啊！弟兄們！」

哥薩克士兵聽見了，跳上馬背，朝居林所在方向奔來，試圖阻斷韃靼人的路。

哥薩克人距離較遠，韃靼人較近。居林用盡最後力氣，抓起腳上鎖鏈，朝哥薩克士兵的方向狂奔，手裡不停畫十字，迭聲高喊：「弟兄們！弟兄們！弟兄們！」

那裡共有十五名哥薩克士兵，韃靼人害怕了，不敢靠近，停下馬來。

居林終於衝到哥薩克士兵跟前，士兵們包圍住他，紛紛詢問：「你是誰？做什麼的？從哪來的？」

居林激動得忘乎所以，只是哭泣，嘴裡不停重複：「弟兄們！弟兄們！」

士兵們都跑過來圍住居林：這個給他麵包、那個給他吃粥、第三個遞上伏特加，有人給他披上軍用大衣，還有人敲開腳鐐。

幾名軍官認出居林，將他帶回堡壘。底下的士兵高興極了，同事都來探望他。

居林告訴他們所有遭遇，最後才道：「這就是我回家結婚的經過！顯然，我沒這個命。」此後他繼續留在高加索服役。

至於卡斯特林，則是隔了一個月才回來——花了五千盧布贖金，人送回來時已經奄奄一息了。

14哥薩克人（Cossacks）是一群生活在東歐大草原的遊牧民系，在歷史上以驍勇善戰和精湛的騎術著稱。在十七世紀成爲帝俄的重要武力，也是俄國往西伯利亞擴張的主力來源。

人為何而活

1881

Чем люди живы

我們因為愛弟兄，就曉得是已經出死入生了。沒有愛心的，仍住在死中。

——《新約．約翰一書》，第三章，第十四節

凡有世上財物的，看見弟兄窮乏，卻塞住憐恤的心，愛上帝的心怎能存在他裡面呢？

——《新約．約翰一書》，第三章，第十七節

小子們哪，我們相愛，不要只在言語和舌頭上，總要在行為和誠實上。

——《新約．約翰一書》，第三章，第十八節

……愛是從上帝來的。凡有愛心的，都是由上帝而生，並且認識上帝。

——《新約．約翰一書》，第四章，第七節

沒有愛心的，就不認識上帝。因為上帝就是愛。

——《新約．約翰一書》，第四章，第八節

從來沒有人見過上帝。我們若彼此相愛，上帝就住在我們裡面……。

——《新約．約翰一書》，第四章，第十二節

……上帝就是愛；住在愛裡面的，就是住在上帝裡面，上帝也住在他裡面。

——《新約．約翰一書》，第四章，第十六節

人若說「我愛上帝」，卻恨他的弟兄，就是說謊話的；不愛他所看見的弟兄，就不能愛沒有看見的上帝。

——《新約・約翰一書》，第四章，第二十節

1

從前，有個鞋匠帶著妻兒住在一間租來的農舍裡。他沒有房也沒有地，靠著縫補鞋子養活一家大小。然而糧食昂貴，工錢微薄，收入僅能餬口而已。

鞋匠夫婦只有一件皮裘，就連這件皮裘也穿得破破爛爛了。他想買塊羊皮來做新皮裘，此事已盤算了一年多。

到了秋天，鞋匠存了點錢：一張三盧布的紙鈔——藏在妻子的木箱裡，還有村裡幾個農夫，仍欠他五盧布又二十戈比。

某天早晨，鞋匠打算到村裡買羊皮。他把妻子的黃色粗布小棉襖套在襯衣上，外頭再罩一件呢絨長袍，又把三盧布鈔票放進口袋裡。吃過早餐後，他拿了根棍子便上路了。

他想：「等我跟那些農民收了五盧布，再加上口袋裡的三盧布，就可以買一塊羊皮做皮裘了。」

鞋匠來到村裡，拜訪其中一戶欠款農家——男主人不在，妻子不肯付錢，只答應一週內讓丈夫送錢過去。他又去拜訪另一位農夫——對方指天發誓，說真的沒錢，只付了二十戈比的修鞋費用。

鞋匠想以賒購的方式買羊皮，可羊皮商不信任他。

「只要帶錢過來，東西任你挑選。」羊皮商說：「我們都知道討債的滋味。」

如此一來，鞋匠等於一事無成，除了收到二十戈比的修鞋費，還從另一位農夫那裡接了一雙需要縫皮的舊毛靴。

鞋匠很鬱悶，二十戈比全拿去買伏特加喝了，兩手空空地回家去。

早上出門時，鞋匠還覺得冷，現在喝了酒，不穿皮裘也暖呼呼的。他一手持棍，不時敲打結凍的路面，一手提著毛靴揮來揮去，邊走邊自言自語。

他說：「我啊，不穿皮裘也暖和。一杯酒下肚，全身都熱了，連皮裘都不需要。向前走，沒煩憂。我就是這種人！我在乎什麼？我沒皮裘也能活，我這輩子都不需要皮裘。只是……老婆會不開心。況且，這事也挺讓人生氣的——你幫他做工，他卻欺騙你。這回你等著瞧，不拿錢來，我絕不放過你！我對天發誓，絕不放過你！這算什麼？一次只給二十戈比！二十戈比能幹嘛？喝酒也只能喝一次！還喊窮？你窮，我就不窮啊？你還有房子、有牲畜，樣樣不缺，而我所有家當都掛在身上了！你吃的麵包是自己種的，我卻得花錢買——不管有沒有錢，每個禮拜我都得想方設法拿出三盧布買一塊麵包。等我回到家，發現麵包吃完了——又要掏出一個半盧布去買麵包。唉，你倒是把欠我的錢都還來吧！」

正當鞋匠接近轉角的小教堂時，忽然看見某個白色物體出現在教堂外。天色已經暗了，鞋匠實在看不清那個物體究竟是什麼。他想道：「是石頭嗎？可先前這裡沒有啊。還是牲畜？看起來又不像。頭部看上去倒像人類，可是又太白了。再說了，如果是人，他在那裡做什麼？」

鞋匠走得更近些，這下全部看得一清二楚。令人驚奇的是，那確實是一個人——渾身光溜溜地坐在小教堂外，背倚著牆，動也不動，不知是死是活。鞋匠開始害怕了，心想：「他或許被人殺了，剝光衣服丟到這裡來。我只要靠過去，就脫不了關係了。」

於是鞋匠繞到旁邊，走到小教堂後面，便看不到那個人了。走過小教堂時，他回頭看一眼——發現那人已經直起身子，動了起來，彷彿在仔細觀察他。鞋匠益發恐懼，心想：「我該走過去呢？還是繞路離開？接近他可能會倒楣——誰知道他是什麼人？鐵定做了什麼壞事，才淪落到這裡來。假如我走到他面前，他忽然跳起來掐住我脖子，我就逃不掉了；就算他不掐我，恐怕也會纏著我不放。他光溜溜的，我該拿他怎麼辦？總不能把身上最後一件衣服脫下來給他呀。求上帝保佑，讓我度過這場劫難吧！」

於是鞋匠加快腳步，繞過小教堂，可終究不敵自己的良心。

他停在路上。

「西蒙，你這是在做什麼？」他對自己說：「別人遇難幾乎喪命，你卻嚇得繞道而行。難不成你已經大富大貴，害怕別人搶你財物了？唉，西蒙呀，這可不行！」

西蒙轉身，朝那人走去。

2

西蒙上前仔細觀看，發現那人年輕力壯，身體沒有任何傷痕，看來只是凍僵了，並且受到驚嚇。他靠牆而坐，並未看西蒙一眼，好似十分虛弱，連抬眼的力氣都沒有。

西蒙走到他面前，忽然，那人似乎清醒過來，轉過頭，睜開雙眼直視西蒙。目光交會的這一瞬間，西蒙便對他產生了好感。他把毛靴丟在地上，又解下腰帶放在上頭，跟著脫了長袍。

西蒙說：「先別說話！快把衣服穿上！來吧！」

西蒙支起那人的手臂，扶他起身。等人站起來後，西蒙發現，他的四肢完好、身材纖細、皮膚白淨、相貌溫柔可親。西蒙把長袍套上他的肩膀，他的手伸不進袖口，西蒙又幫他穿進去，合攏衣襟，並繫緊腰帶。

西蒙摘下頭上那頂破帽子，想戴在那人頭上，可頭頂沒了遮蔽，又覺得冷。他想：「我頭都禿了，他還留著長長的鬈髮呢。」於是又把帽子戴回去。「不如給他穿上靴子。」

西蒙又讓那人坐下，替他穿上舊毛靴。

穿好後，鞋匠說：「好啦，小兄弟，你動一動，暖暖身體，其他事情就交給別人處理。你能走嗎？」

那人站著，溫柔地凝視西蒙，不發一語。

「你怎麼不說話？總不能在這裡過冬吧？你該去找人協助。來吧，我的棍子也給你，假如你沒力氣，可以當拐杖拄著走。快打起精神來！」

於是那人跟著西蒙走了，而且步履輕快，並未落後。

他們一齊行走，西蒙問道：「你是哪裡人？」

「我並非這裡的人。」

「這裡的人我都認識。你又是怎麼跑到小教堂來的？」

「我不得告訴你。」

「是不是有人凌辱你？」

「無人凌辱我，是上帝懲罰我。」

「當然啦，上帝主宰一切。不過，你還是得找個地方安頓下來。你想去哪裡？」

「於我而言，四處皆然。」

西蒙愕然。這人看起來不像壞人，說話也是輕聲細語，卻不肯透露自己的身分。西蒙想：「天下之事無奇不有！」便對那人說：「這樣吧，你就跟我回家，稍微休息一下也好。」

說罷，西蒙繼續向前走，那位陌生人與他並肩齊行。

起風了，寒風鑽入西蒙單薄的襯衣裡，他的酒意逐漸消褪，開始感到冷了。他邊走邊吸鼻子，拉緊身上那件屬於妻子的小棉襖，暗忖：「所以才需要皮裘啊。出門就是爲了皮裘，想不到回來時連長袍也沒了，還附帶一個光溜溜的傢伙。瑪特瑠娜不罵我才怪！」

一想到瑪特瑠娜，西蒙便感到煩惱。然而，看看身旁的陌生人，他又憶起在小教堂外目睹的場景，心情便振奮起來了。

3

西蒙的妻子早早就做完所有家事——柴劈好了、水裝滿了、孩子餵飽了、自己也吃了點東西——她只是在考慮何時和麵：今天或明天？因爲家裡還剩一大塊麵包。

她想：「假如西蒙在外面吃過午餐，晚餐就吃不了多少。麵包還夠明天吃。」

瑪特瑠娜拿起麵包，翻轉幾下，心想：「今天就不和麵了。剩下的麵粉只夠烤一爐麵包而已，還得撐到禮拜五呢。」

瑪特瑠娜收起那塊麵包，坐到桌前給丈夫的襯衣縫補丁。她一邊縫，一邊惦記著丈夫要買羊皮做皮裘的事。

「希望他不會被羊皮商給騙了。我的丈夫就是太老實了，從來不撒謊，連小孩都能騙倒他。八盧布不是小數目，應該能做一件不錯的皮襖，儘管不是鞣製的皮革，總歸還是皮襖。去年冬天沒有皮襖眞是難熬！不只是河邊，哪裡都不能去。而且，他這回出門，把所有外套都穿走了，一件也沒留給我。他不算太早出門，這時也應該要到家了，會不會跑去喝酒呢？」

瑪特瑠娜剛想到這裡，門外階梯便喀吱作響，有人回來了。她把針插好，走到門廳，發現來人竟有兩位：西蒙和一個陌生男子，後者沒戴帽子，腳上穿著一雙舊毛靴。

瑪特瑠娜立刻聞到丈夫身上的酒味，她想：「哼，果眞去喝酒了。」接著又看到他沒穿長袍，身上只有一件小棉襖，兩手空空，悶不吭聲，一副畏畏縮縮的模樣。瑪特瑠娜心裡一沉：「他跟這種浪蕩子鬼混，把錢都喝光了，還把人帶回家裡。」

瑪特瑠娜讓他們進屋，自己也跟了進來。她發現這個陌生人十分年輕、身材瘦弱，還穿著他們的長袍；長袍底下沒有襯衣，也沒戴帽子。他進了門，就站在那裡動也不動，連眼皮都不抬。瑪特瑠娜心想：「這傢伙心虛了——不是什麼好東西。」

她沉著臉，退到爐炕邊，看這兩人要搞什麼東西。

西蒙彷若沒事般，摘了帽子，坐在板凳上。

他說：「好啦，瑪特瑠娜，準備晚餐吧！」

瑪特瑠娜嘀咕幾句，站在爐炕邊，沒有動作，一會看看丈夫，一會又看看那個陌生人，不住搖頭。

西蒙見狀，知道妻子不高興了，卻沒有辦法，只好裝沒看見，拉著陌生人的手說：「坐吧，小兄弟，一起吃晚餐。」

陌生人在板凳上坐下。

「怎麼？難道你沒煮飯？」

瑪特瑠娜發火了。

「我煮了，但是沒你的份！我看你是喝糊塗了！出門買皮裘，回來時連長袍都沒了，還帶一個赤條條的流浪漢回家。我這裡沒東西給你們兩個醉鬼吃！」

「瑪特瑠娜，可別劈哩啪啦亂罵人啊！你應該先問問，這是什麼人……」

「你說，錢都花到哪去了？」

西蒙從長袍口袋掏出一張鈔票，攤開來。

「錢在這裡。特里馮諾夫答應我明天會還錢。」

瑪特瑠娜一聽，更火大了。丈夫不僅沒買到皮裘，連家裡最後一件長袍都拿給一個光溜溜的流浪漢穿了，甚至還把人給領回家。

她一把抓起桌上的紙鈔，拿去藏好，回頭說：「我這裡沒有食物。世上多的是裸體的酒鬼，我可養不起。」

「唉，瑪特瑠娜，別罵了。先聽聽我們怎麼說……」

「你這個只會喝酒的笨蛋能說出什麼道理？我當初就不願意嫁給你這個酒鬼——母親給我的布被你喝掉了，連買皮裘的錢也給你喝掉了！」

西蒙想跟妻子解釋，他只花二十戈比買酒，還有他在哪裡發現這個人……可是瑪特瑠娜不給他開口機會，不停東拉西扯，想到什麼就罵什麼，連十年前的事都拿出來說嘴。

瑪特瑠娜說著說著，就衝向西蒙，抓住他的袖子。

「把我的棉襖還來！我就剩這一件了，你還敢剝下來自己穿上！現在就脫下來還我，你這條癩痢狗！該死的渾蛋！」

西蒙趕緊解開棉襖，才脫掉一隻袖子，妻子便上來拉扯——把棉襖給扯破了。瑪特瑠娜搶過棉襖，披在頭上就要去開門。她想出去，卻又停下腳步，內心猶豫不決，既想發脾氣，又想知道這個陌生人到底是什麼來歷。

4

瑪特瑠娜停下來，說：「如果他是正派人士，就不會光溜溜的，連件襯衣都沒有。假如你真是在做善事，你就說說，從哪裡帶回這麼一位體面人士吧。」

「我跟你說，我走在路上的時候，看見這人赤裸裸地坐在小教堂外頭，整個人都凍僵了。要知道，現在可不是夏天啊，這人還光著身體，是上帝引我到他身邊，不然他就死了。你說怎麼辦？如此罕見的事都教我遇上了！我只能給他穿衣服，帶他回來呀。你消消氣吧，瑪特瑠娜，見死不救可是罪孽啊，總有一天我們也會死的。」

瑪特瑠娜本想破口大罵，可是她望了陌生人一眼又閉嘴了。那人在板凳邊坐下後，便一動也不動，雙手放在膝上，頭部垂到胸口，雙眼緊閉，眉頭深鎖，彷彿喘不過氣。

見瑪特瑠娜不吭聲，西蒙便說：「瑪特瑠娜，你心裡就沒有上帝嗎？」

聽到這句話，瑪特瑠娜再看看陌生人，驀地心軟了。她離開門口，走到爐炕角落取出晚餐。她把碗擺在桌上，倒了克瓦斯，又端出最後一塊麵包，遞上餐刀與湯匙。

「想吃就吃吧。」她說。

西蒙推推陌生人，說：「好兄弟，快過來啊。」

西蒙切開麵包，弄成碎塊，吃了起來。

瑪特瑠娜坐在桌子角落，手支著下巴，打量那位陌生人。此時，她不僅憐憫起他，還對他產生了好感。陌生人忽而露出喜悅之色，不再緊鎖眉頭，他抬眼望向瑪特瑠娜，綻放一抹微笑。

用完餐後，瑪特瑠娜收拾好桌面，便詢問陌生人：「你是哪裡人？」

「我並非這裡的人。」

「你怎麼會坐在路邊呢？」

「我不得告訴你。」

「是不是有人搶劫你？」

「是上帝懲罰我。」

「你就這樣光溜溜地躺在那裡？」

「正是如此，幾乎凍僵了。是西蒙發現我，他同情我，脫下自己的長袍，幫我穿上，並帶領我回你們家。到了這裡，你同樣憐憫我，讓我吃飽喝足了。上帝會保佑你們的！」

瑪特瑠娜起身，從窗台邊拿起適才縫補的舊襯衣，遞給陌生人，又找了件褲子給他。

「這個拿去穿吧，我瞧你連襯衣都沒有。穿好後你自己選地方休息——想睡閣樓或是爐炕上都隨意。」

陌生人脫下長袍，換上襯衣與長褲，然後躺在閣樓休息。

瑪特瑠娜熄了燈，拿起長袍，爬到床上躺在丈夫身邊。

她用長袍下襬蓋住身子，躺在床上卻睡不著，滿腦子都在想那個陌生人。

她先是想到，他吃完了最後一塊麵包，明天就沒有食物了；再想起自己連襯衣與長褲都給了他，瑪特瑠娜便感到鬱悶了。可一想起陌生人臉上那抹微笑，心情又好了起來。

瑪特瑠娜久久無法入睡，仔細一聽——發現西蒙也沒睡，還把長袍往自己身上拉。

「西蒙。」

「啊？」

「最後一塊麵包吃完了，可我還沒和麵，明天不知道怎麼辦。我看，得去瑪拉妮雅嫂嫂家借一點。」

「我們會活下去的，會有東西填飽肚子的。」

瑪特瑠娜安靜地躺了一會。

「那男的看起來是個好人，就是不肯說自己的來歷。」

「應該是不能說吧。」

「西蒙。」

「啊？」

「我們一直施捨給別人，爲何沒人施捨我們啊？」

西蒙不知如何回答，只好道：「改天再說吧。」然後翻了個身，睡著了。

5

隔天早晨，西蒙起來了，孩子們還在睡，妻子則上鄰居家借麵包去了。

陌生人穿著舊襯衣與長褲，坐在板凳上，抬頭望著上方。氣色看來比昨天好多了。

西蒙說：「我說啊，親愛的老弟，人餓了就要填飽肚子，冷了就要穿衣服保暖身子——必須工作養活自己才行。你都會些什麼？」

「我什麼都不會。」

西蒙吃了一驚，才說：「人只要願意學習，沒有學不會的事。」

「人人都要工作，那我也要工作。」

「你叫什麼名字？」

「米哈伊爾[1]。」

「嗯，米哈伊爾，你不願說自己的來歷就算了，那是你的事——但你得養活自己。若你肯聽我吩咐做事，我就供你食宿。」

「願上帝保佑你。我會認眞學習，請告訴我該做什麼。」

西蒙拿起一團細紗，繞在指頭上，搓揉成細線。

「你看，這工作並不難……」

1聖經中的天使長之名。拉丁語爲 Michael 或 Michaël。一般譯爲米迦勒，東正教譯爲米哈伊爾。

米哈伊爾看了看，同樣把細紗繞在指頭上，仿效西蒙，迅速搓揉成細線。

西蒙教他如何上蠟[2]，米哈伊爾也立刻學會了；西蒙又教他如何捻線穿針與縫製鞋子，米哈伊爾同樣迅速學會了。

無論西蒙教他什麼，他都一學就會。自第三天起，他工作起來，熟稔得好似縫了一輩子的鞋。

米哈伊爾的食量很小，他總是埋頭做事，休息時候也沉默不語，一逕望著天空。他不出門、不多言、不說笑，也從來不笑。

他只笑過一次，就是來到西蒙家的第一晚，女主人給他端來晚餐的時候。

6

一天又一天、一週又一週，忙忙碌碌地，一年就過去了。

米哈伊爾依然住在西蒙家，爲他工作。如今米哈伊爾聲名遠播，人人都知道西蒙家的雇工縫製的靴子最精緻、耐穿，手藝高超無人能及。方圓幾里的居民都來找西蒙做靴，於是西蒙逐漸富裕起來。

冬日的某一天，西蒙與米哈伊爾正坐在一起，忙著縫製靴子。一輛三駕雪橇馬車[3]叮叮噹噹駛到屋前，他們望向窗外，只見雪橇馬車停在對面，一個年輕人跳下駕駛座，打開車門，一位身穿毛皮大衣的貴族老爺從車廂內走出，直接朝西蒙家的方向前來，踏上台階。瑪特瑠娜跳起來，趕緊開門迎接貴客。貴族老爺彎身進屋，當他挺起身來，頭頂幾乎碰到天花板，一個人就佔據掉屋子的一角。

西蒙起身行禮，驚訝地望著貴族老爺。他從未見過這種大人物。西蒙身材瘦削但肌肉結實，米哈伊爾同樣纖瘦，瑪特瑠娜更是乾瘦如柴。然而眼前這位老爺，彷彿來自另一個世界——臉蛋豐滿紅潤，脖子如公牛般粗壯，全身上下好似厚鐵鑄成。

貴族老爺吁了一口氣，脫下毛皮大衣，坐在板凳上，開口問道：「誰是鞋匠老闆？」

西蒙站出來說：「是我，先生。」

貴族老爺於是對自己的僕從喊道：「喂，費季卡，把東西拿來！」

僕從手提一個包袱跑進來。貴族老爺接過包袱，放在桌上。

「打開。」他說。

僕從解開了包袱。

貴族老爺伸手指指包袱裡的皮料，對西蒙說：「喂，鞋匠，你聽好了，看見這塊皮料了嗎？」

2縫製手工皮革的縫線需上蠟，又稱爲蠟線。
3由三匹馬拉的大型雪橇，外觀設計如同廂型馬車。

「看見了，大人。」西蒙說。

「那你知道這是什麼料子嗎？」

西蒙摸了摸，回答：「上等的皮料。」

「正是！你這蠢貨，還沒見識過這種料子吧？這是德國貨，一件價值二十盧布。」

西蒙怯怯道：「我們哪有機會見識呢？」

「嗯，那倒是。那麼，你能夠用這塊料子爲我縫一雙長靴嗎？」

「可以的，先生。」

貴族老爺朝他喝道：「你說『可以』——眞的可以嗎？你知道你用的是什麼料子，又是爲什麼人縫靴子嗎？你給我縫的這雙靴子，必須堅固耐穿，一年內不得裂開或變形。若辦得到，就把皮料拿去剪裁；辦不到，就別動這塊料子。我醜話說在前面：靴子若撐不到一年就變形或裂開，我就送你去坐牢！若能撐過一年，沒有變形損壞，我便付你十盧布的工錢。」

西蒙嚇到了，不知該說什麼才好，回頭看看米哈伊爾，用手肘推他，低聲問道：「兄弟，要不要接？」

米哈伊爾點點頭：「接。」

西蒙聽他的話，接了這份工作：縫製一雙堅固耐穿，一年內不變形損壞的長靴。

貴族老爺叫來僕從，命他脫掉左腿長靴，然後伸出腳來。

「量尺寸！」

西蒙裁了一張十俄寸[4]大小的紙，弄平整後，跪在地上，用圍裙擦淨雙手，以免弄髒貴族老爺的襪子，再開始量尺寸。西蒙量完腳掌、腳背；量小腿時，發現紙不夠用——貴族老爺的小腿像圓木般粗厚。

「當心點！別把靴筒做得太窄。」

西蒙又縫上一張紙。

貴族老爺坐在那兒，襪子裡的腳趾不時扭動，一邊環顧屋裡的人。看見米哈伊爾，他問：「這是什麼人？」

「他是我這裡的師傅，之後由他縫製您的靴子。」

「你可要當心哪！」貴族老爺對米哈伊爾說：「記住了，靴子要堅固耐穿，撐一年都不壞。」

西蒙回頭看米哈伊爾，發現他並未望向貴族老爺，反而盯著貴族老爺身後的角落，好似看到某種東西。看著看著，米哈伊爾忽地綻放笑容，整個人豁然開朗。

「你這個蠢蛋！在那裡張嘴傻笑什麼？你最好小心點，給我準時交貨！」

4 一俄寸約等於四．四公分。

米哈伊爾說：「時候到了，自然準備就緒。」
「這才對嘛！」
貴族老爺套上靴子、穿上毛皮大衣並合攏衣襟，向門口走去。他忘了彎腰，一頭撞上門框。
貴族老爺破口大罵，揉揉腦袋，便坐上雪橇離開了。
等他離去後，西蒙說：「這人就像一塊大石頭，棍棒都打不死。門框都要被他的頭撞壞了，他卻不痛不癢。」
瑪特瑠娜說：「他過的是什麼日子，能不壯嗎？我看，連死神都搬不動這塊大石頭。」

7

西蒙對米哈伊爾說：「我們接了這份工作，可別惹麻煩才好。皮料昂貴，貴族老爺脾氣又壞，我們最好別出錯。來吧，你視力比我好，手也比我巧，尺寸給你，你裁切皮料，我來縫鞋面。」
米哈伊爾依言行事，接過貴族老爺的皮料，鋪在桌面上，折成兩半，拿起刀子開始裁切版型。
瑪特瑠娜走過來看米哈依爾裁切皮料，她很訝異，不知道米哈伊爾在做什麼。
瑪特瑠娜同樣熟悉製鞋工序，發現米哈依爾並未按照長靴的版型切割皮料，而是裁成兩塊圓片。她本想開口，卻又暗忖：「或許是我不懂如何縫製貴族老爺要求的長靴。米哈伊爾比我在行，還是別打擾他吧。」

米哈伊爾裁好一對版型，拿起針線，開始縫鞋。但他並未按照製靴工序採用雙針縫[5]，而是使用單針，如同縫製便鞋。

瑪特瑠娜見狀無比驚訝，可依舊沒有出聲打擾，米哈伊爾便一直縫下去。

到了中午，西蒙過來一看——發現米哈伊爾用貴族老爺的皮料縫了一雙便鞋。

西蒙驚叫一聲，心想：「米哈伊爾在我這裡做了整整一年，從未出過半點差錯，今天怎會闖下如此大禍？貴族老爺訂做的是沿條縫製[6]的長筒靴，他卻做了一雙便鞋，白白糟蹋皮料。我該如何向貴族老爺交代？上哪去找這種皮料啊？」

於是他對米哈伊爾說：「你這是怎麼搞的？親愛的老弟，你害死我了！要知道貴族老爺訂製的是長筒靴啊，可你縫的是什麼？」

5雙針縫是古老技藝，主要用於縫製手工皮革，如馬鞍、皮鞋、皮包等。一條蠟線兩端各穿一根針，縫製時，雙針來回穿過同一個鑿孔，縫線互相環繞形成8字，每縫一針需用手拉緊或調整縫線角度。優點是針腳十分緊密，即使其中一條縫線斷裂，也不會影響整體結構。

6傳統手工製靴，靴底會有兩層，分別爲中底與大底。沿條製法多採雙針縫，先以沿條縫合鞋面與中底，再與大底縫合。此設計的優點在於，可以在不傷及鞋面與結構的情形下，重複更換大底，以延長靴子的壽命。

話沒說完，外頭傳來聲響——有人叩動門環。他們往窗外一看：有人騎馬來了，正在拴馬。他們開門，來人正是貴族老爺的僕從。

「你們好！」

「你好。有什麼事嗎？」

「夫人派我來說長靴的事。」

「有什麼問題嗎？」

「就是出了問題！我家老爺不需要長靴了，他過世了。」

「你說什麼？」

「離開你們到返家途中，老爺突然就死在雪橇上了。我們到家後，要去扶他下車，可他已經死了，像口麻袋一樣仰倒在裡頭，全身硬梆梆的，我們費了好大的工夫才把他搬出來。於是夫人對我說：『你快去告訴鞋匠，就說，先前有位老爺向他訂製長靴，並留下一塊皮料；告訴他，靴子不用做了，盡快做一雙死人穿的壽鞋。你就在那裡等他們縫好鞋子，再帶回來。』所以我就來了。」

米哈伊爾把桌上剩餘的皮料卷起來，拿起縫好的一雙便鞋，相互敲敲，用圍裙擦拭一番，遞給那位僕從。

僕從接過便鞋，道：「告辭了，老闆！祝您一切順利！」

8

又過了一年、兩年……米哈伊爾在西蒙家已住了六個年頭。他的生活一如既往，不出門、不多言。六年來他只笑過兩次：第一次是女主人端晚餐給他的時候，第二次則是貴族老爺上門那天。西蒙很滿意自家雇工，不再追問米哈伊爾的來歷，唯恐他會離開。

某天，他們都在家裡：西蒙靠在窗邊縫靴子，米哈伊爾坐在另一扇窗邊釘鞋跟，女主人正要把鐵鍋送進火爐，孩子們則繞著板凳奔跑玩耍並眺望窗外。

其中一個小男孩跑到米哈伊爾身邊，靠著他的肩膀望向窗外，說：「米哈伊爾叔叔，你看，好像有個商人太太帶著兩個小女孩上我們家來了。其中一個女孩還跛腳呢。」

男孩才說完，米哈伊爾立刻放下手邊工作，轉頭望向窗外街道。

西蒙覺得很奇怪，米哈伊爾過去從不曾注意外頭街景，如今卻伏在窗前，不知在看什麼東西。他同樣朝窗外瞥了一眼，確實有個婦人上門來了——她的衣著乾淨齊整，雙手分別牽著兩個小女孩。兩人身穿皮裘，包著羊毛頭巾，長得一模一樣，教人無從分辨，唯獨其中一個女孩左腳瘸了，走起路來一跛一跛的。

婦人上了階梯，進入門廳，摸到房門，握住把手便推開門。她先讓兩個女孩進門，隨後才跟著進來。

「你好，老闆。」

「歡迎光臨，請問有什麼事嗎？」

婦人在桌旁坐下，兩個小女孩依偎在她膝邊，好奇地望向屋裡的人。

婦人說：「這次來是想請您給孩子做兩雙小皮鞋，開春時穿。」

「當然可以。我們還沒做過這麼小的鞋子，不過這沒問題，鞋面設計想選沿條或反摺縫[7]都可以。這位是米哈伊爾——我這裡最厲害的師傅。」

西蒙回頭望向米哈伊爾，發現他已丟下手邊工作，坐在那裡目不轉睛地盯著兩個小女孩。

西蒙對米哈伊爾的行爲感到納悶。他想：確實，兩個小女孩長得很可愛——烏溜溜的黑眼珠、胖嘟嘟的臉蛋與紅撲撲的雙頰，身上的小皮裘與頭巾都是好料子。西蒙無法理解的是，米哈伊爾望著她們的眼神，彷彿早已認識這兩個孩子了。

儘管納悶，西蒙仍和婦人討論起訂製細項與價錢。很快價錢便談妥了，也量好了尺寸。婦人把跛腳女孩抱在膝上，說：「這孩子得量兩種尺寸。行動不便的左腳單獨做一隻鞋，正常尺寸則縫三隻。她們是雙胞胎，雙腳尺寸相同。」

西蒙量完尺寸，看著跛腳小女孩，問道：「她怎麼會變這樣？可惜了，這孩子多可愛啊。她是天生跛腳嗎？」

「不，這是她母親壓傷的。」

瑪特瑠娜也想知道婦人與兩個孩子的來歷，便插嘴問道：「你不是她們的母親嗎？」

「我不是她們的生母，也沒有親戚關係——我是陌生人，但收養了她們。」

「不是自己親生孩子，可你這麼疼愛她們！」

「怎麼能不疼呢？她們倆都是吃我奶水長大的。我原本有個兒子，可被上帝召回去了。我對他的疼愛還不及這兩個小的呢。」

「她們究竟是誰家的孩子？」

9

於是，婦人開始敘述往事。

「約莫是六年前的事了。」她說：「她們出生不到一星期就成爲孤兒：父親週二下葬，週五母

7將皮革的接縫處反摺，隱藏皮革切面與縫線的特殊技法，可將鞋子做得更小巧。

親也跟著去了。父親死後三天，她們才出生；不到一天，母親就死了。當時，我和先生還是農民，與她們家是鄰居，兩戶院子緊緊相鄰。她們的父親是伐木工人，家裡沒有其他親戚。他就是在林子裡被一棵倒下的樹壓住，內臟全碎了——才剛抬回家，便給上帝帶走了；同一個星期，他的妻子生下一對雙胞胎，就是這兩個女孩。家裡窮，身邊又沒半個親人——老的少的都沒有，只剩她一個女人家，孤零零生下孩子，又孤零零地死去。

「隔天早上我去探望她們，走進屋裡，發現這可憐女人已經死了，屍體都僵硬了。她死時倒在這孩子身上，壓折了她的左腿。村民都是熱心善良的人，全部過來幫忙，給她淨身、穿衣、入殮、下葬。就剩這兩個女嬰，要將她們安置在哪呢？當時，村裡的婦女只有我剛生完孩子——頭胎，是個男孩，才兩個月大。我先把兩個女孩帶回家照顧，男人們則聚在一起，討論該如何安頓孩子。最後他們告訴我：『瑪麗亞，你先顧一下這兩個孩子，我們呢，還需要點時間考慮如何安頓她們。』

「我先餵正常的女孩吃奶，跛腳的那個就不管了——我不認爲她能活下來。可我後來又想，爲何要忽略這個小天使呢？我可憐她，便連她一起餵了。如此一來，除了自己的兒子，再加上這兩個——我總共要哺餵三個孩子。我那時年輕力壯、吃得又好，上帝賜予我豐沛滿溢的奶水；我通常先餵兩個孩子，第三個稍等，待其中一個吃飽了，再餵第三個孩子。或許，上帝就是如此安排，我的親生兒子在第二年死了，這對雙胞胎卻活了下來。此後，上帝不再賜予我們孩子，但我們的生活日漸富裕。如今我們住在這裡，爲磨坊主人工作。錢賺得更多，日子也過得更好，可就是沒有孩子。

如果沒有她們，我一個人怎麼活得下去？我怎能不疼愛她們呢？她們是點亮我生命的燭光啊！」

婦人一邊摟住跛腳的女孩，一邊擦拭臉頰的淚水。

瑪特瑠娜嘆了口氣，道：「果然，俗話說得好：無父無母，尚且得生；若無上帝，無以為存。」

他們聊了一會，婦人起身離去。西蒙夫婦送她們出門，兩人回頭望向米哈伊爾——他依然坐在原處，雙手交握置於膝上，抬眼凝視上空，露出微笑。

10

西蒙走到他身邊，問道：「你怎麼了，米哈伊爾？」

米哈伊爾從板凳上起身，放下工作，脫下圍裙，朝主人夫婦鞠躬行禮，說：「請老闆見諒。上帝已經寬恕我了。這段期間種種失禮之處，也請兩位見諒。」

西蒙見米哈伊爾全身散發光芒，也起身朝他鞠躬行禮，說：「我看出來了，米哈伊爾，你並非凡人。我不能留你，也不能問你的來歷。只是，請你告訴我一件事：當我發現你並帶你回家時，你原本神情懨懨，可當我妻子給你端來晚餐，你卻朝她微笑並露出喜悅之色；接著，貴族老爺上門訂製靴子那日，你又笑了，變得更加豁然開朗；今日，婦人帶著兩個小女孩上門，你三度笑了，且全身散發光芒。請告訴我，米哈伊爾，為何你身上會發出光芒？又為何三度微笑？」

米哈伊爾說：「我過去受上帝所懲，如今得其寬恕，自然恢復光輝。我之所以三度微笑，正是因爲明白了上帝要我領悟的三個道理。當你的妻子憐憫我那一刻，我明白了第一個道理，所以微笑；那富翁來訂做靴子時，我明白了第二個道理，是以再度微笑；今天，我見到了兩個女孩，領悟了第三個道理，於是三度微笑。」

西蒙又說：「請告訴我，米哈伊爾，上帝爲何要懲罰你？上帝的三個道理又是什麼？」

米哈伊爾說：「上帝懲罰我，乃是因爲我身爲天使，卻違背了祂的旨意。

「我仍是天使的時候，上帝派我去取一個婦人的靈魂。我飛到人間，看見那婦人生下一對雙生女，躺在床上奄奄一息。兩個女嬰在婦人身旁微微扭動，她卻毫無力氣哺餵嬰兒。婦人看見我，立時明白上帝派我來取走她的靈魂，於是哭著哀求我：『天堂的使者啊！我的丈夫剛去世，在森林裡被樹壓死了。我沒有兄弟姊妹、也沒有任何親戚能幫我撫養孩子，求你別收走我的靈魂，容我撫養孩子長大。孩子沒有父母，會活不下去的！』我聽信她的話，將其中一個女嬰放在她懷裡，又讓她摟著另一個，便回天堂覆命了。

「我飛到上帝身邊，說：『我沒能帶回產婦的靈魂。孩子的父親被樹壓死了，母親獨自生下兩個孩子，哀求我別收走她的靈魂。她說：『容我撫養孩子長大。孩子沒有父母，會活不下去的！』是以我沒有收回她的靈魂。』

「上帝說：『去收回產婦的靈魂，而後你會學到三個道理：人心蘊藏何物、人未賦予何物，以及人爲何而活。待你明白這三件事，便可重返天堂。』於是我又飛回人間，收走產婦的靈魂。

「兩個嬰孩從婦人懷中滾落，她的屍體倒在床上，壓住其中一個女嬰，把她左腿給壓斷了。我飛到村子上方，準備把產婦的靈魂交給上帝，這時颳起一陣強風，吹斷了我的雙翼。婦人的靈魂獨自昇天，我卻墜落人間，倒在路旁。」

11

西蒙與瑪特瑠娜這才明白，與他們同住多年、由他們供應吃穿用度的青年竟是一名天使。夫妻倆又驚又喜，落下淚來。

天使又說：「我一個人赤裸裸地站在田野裡。從前我不知人間疾苦，未曾嚐過寒冷與飢餓的滋味；現在我變成凡人了，飢寒交迫，不知該如何是好。我看見田野裡有座爲上帝建造的小教堂，便走過去，想找個藏身處。可小教堂的大門上了鎖，我進不去，於是坐在後牆躲避寒風。

「夜幕降臨，我又餓又凍，終於病倒了。忽然，路邊傳來一陣腳步聲——有人拎著一雙靴子走過來，邊走還一邊喃喃自語。這是我變成凡人後，首度見到死氣沉沉的人類，他的表情令我感到害怕，遂轉過身去。我聽見這個男人不停嘀咕該穿什麼衣服禦寒、又該如何養活妻兒之類的……。我心想：『我飢寒交迫，快要死了，而來人所關心的盡是皮裘與麵包。他不可能會過來幫助我。』那個男人發現了我，皺起眉頭，表情看起來更恐怖了。他加快腳步經過我身邊，我正感到絕望，忽然聽見男人又走回來，我抬眼一望，對方已判若兩人：先前他的神情死氣沉沉，如今變得生氣蓬勃，我從中見到了上帝。

「男人走到我身邊，爲我穿衣服，還帶我去他家休息。到了他家，一個婦人出來，當著我們的面開始大發脾氣。這個婦人比她丈夫更恐怖——口中吐出的盡是死亡氣息，惡臭不已，令我無法呼吸。她想把我趕出去，外頭一片冰天雪地，我知道如果她這麼做，我必死無疑。可這時，她的丈夫提醒她上帝的存在，婦人內心就出現了變化。當她爲我們端來晚餐並注視著我，我望向她——她身上的死氣也消失了，變得生氣蓬勃，我從中見到了上帝。

「於是我想起上帝的第一句話：『你會明白，人心蘊藏何物。』我明白了：人心裡蘊藏有愛。我十分高興，上帝已向我揭示祂所說的第一個道理，因此我首度露出微笑。可我仍未全盤領悟上帝的旨意，我依然不懂——人未賦予何物，以及人爲何而活。

「我開始與你們同住。如此過了一年，有位富翁上門訂製靴子，強調要堅固耐穿，一年內不得變形裂開。我看向他，忽然發現，我的同事——死亡天使——就站在他的身後。除了我以外，誰也看不見祂，但我認識祂，也清楚知道：祂會在今天日落前，取走這位富翁的靈魂。於是我想：『這人在預備自己未來一年份的物事，卻不曉得自己活不過今晚。』這時我又想起上帝的第二句話：『你會明白，人未賦予何物。』

「我已明白人心蘊藏有愛，現在又領悟到人未賦予何物——即預知自身所需的能力。因此我再度微笑。我十分高興，不僅因爲見到我的同事死亡天使，也因爲上帝向我展現了第二個道理。

「可我仍未全盤領悟上帝的旨意，我依然不懂：人爲何而活。於是我仍住在這裡，等待上帝向我展現最後一個道理。到了第六年，有位婦人帶著一對雙胞胎上門，我立刻認出這兩個小女孩，並且明瞭她們是如何活下來的。於是我心想：『當年那個母親爲了孩子，求我留下她的靈魂。我相信了她的話，以爲沒有父母，孩子便無法活下去。結果是這位陌生婦人養大了兩個孩子。』當這名婦人因憐惜養女而流淚，我從中見到眞實的上帝，於是領悟到人爲何而活。我也明白，上帝已向我展示第三個道理，並寬恕我了，因此三度露出微笑。」

12

天使現出眞身，渾身散發強烈光輝，凡人無法以肉眼直視；祂的聲音變得更加洪亮，彷彿說話者並非祂本尊，而是上天透過祂發聲：「我領悟到，人之所以活著並非因爲關心自己，而是因爲愛。

「那位母親無法預知，她的孩子需要什麼幫助才能存活？那位富翁無法預知，自身迫切所需的事物爲何？沒有一個人類能夠預知，天黑以前自己是否還活著？究竟需要一雙活人穿的長靴抑或死人穿的壽鞋？

「我變成凡人時，並非單憑一己之力存活，而是仰賴一位過路人與其妻子對我付出的憐憫與關愛；那對雙胞胎得以存活，並非依靠旁人的安排，而是源於一位陌生婦人對她們由衷的憐憫與關愛；世間衆人皆非依憑己身之力而活，而是依靠他人心中的愛。

「從前我只知道，是上帝賜予世人生命，只爲讓人生活；現在我懂得更多道理——我明白了，上帝不願讓世人各自爲生，遂令世人無從預知己身所需，好教人們共同生活，才能知曉自己與旁人需要什麼。

「現在我懂了，世人似乎認爲，他們僅靠一己之力而活，而實際上，他們活著是因爲愛。一個人心中有愛，他的心便有上帝，並且與上帝同在，因爲上帝就是愛。」

然後，天使唱起讚美上帝的頌歌，歌聲震動木屋，天花板裂成兩半，一道火柱竄出地面直達天際。西蒙與妻兒匍匐在地，天使背後生出雙翼，飛向天空。

待西蒙清醒過來，屋子仍是原本模樣，屋內只有他們一家大小，沒有旁人存在。

教子

1886

Крестник

你們聽見有話說：以眼還眼，以牙還牙。
只是我告訴你們，不要與惡人作對。

——《新約・馬太福音》，第五章，第三十八、三十九節

伸冤在我；我必報應。

——《新約・羅馬書》，第十二章，第十九節

1

從前，有個貧窮的農夫生了一個兒子。他十分高興，跑去請鄰居當孩子的教父。鄰居不願給窮人的孩子當教父，便拒絕了。農夫又跑去找另一位鄰居，對方同樣拒絕了。

農夫跑遍全村，沒人願意過來。他只好前往另一座村子。途中遇上一位陌生行人，對方停下來同他打招呼：「你好啊，鄉親，你奉上帝的旨意去哪呀？」

農夫說：「上帝賜給我一個孩子，讓我年輕時有所盼望，年老時得以慰藉，過世後有人祭奠。

可是我窮，村裡沒人願意當孩子教父，只好外出找人。」

於是陌生人說：「那就讓我當孩子的教父吧！」

農夫非常高興，向陌生人道謝後又說：「那誰來當教母呢？」

「至於教母，可找商人的女兒。」陌生人說：「你去城裡，在廣場有一座連接商鋪的磚房，你去大門口請求商人允准女兒做教母。」

農夫一臉懷疑。

「教父啊，我怎麼好去問有錢的商人？他肯定會嫌棄我，不會答應的。」

「別擔心，只管去問。明天上午你準備好一切，我會過去參加孩子的洗禮[1]。」

農夫轉身回家，騎馬進城去找商人。他剛把馬拴在院子裡，商人便出來了。

「有事嗎？」商人問。

「是這樣的，大爺，上帝賜給我一個孩子，讓我年輕時有所盼望，年老時得以慰藉，過世後有人祭奠。可以的話，請讓您女兒做我孩子的教母吧。」

1其時俄國人篤信東正教，父母通常會在嬰兒出生第二天帶去教堂接受洗禮，以免孩子在洗禮前夭折，靈魂墮入地獄，無法成爲上帝子民。然按照教規，產婦六個月內不得進入教堂，故嬰兒洗禮均由教父教母代勞。在東正教的受洗儀式中，需由神父抱著嬰兒，讓嬰兒從頭到腳浸入聖水中三次，象徵耶穌受難三日後重生。

「洗禮何時舉行？」

「明天上午。」

「嗯，好吧，就遵從上帝的旨意，明天她會過去參加儀式。」

隔天，孩子的教父教母都來了，孩子順利受了洗禮。儀式一結束，教父便離開了，無人知曉他是誰，從此沒人見過他。

2

在父母的疼愛照料下，孩子逐漸長大：身強力壯、認眞勤勞又聰明乖巧。男孩十歲那年，父母送他去上學。別人要學習五年的課程，他一年就全部學完了，學校再無東西可教。

到了復活節那一週，男孩去探望教母，行吻禮[2]祝賀基督復活。返家後他問道：「父親、母親，我的教父住在哪裡？我想去探望他，向他祝賀基督復活。」

父親回答：「親愛的孩子，我們不知道你教父住哪裡，我們也爲此發愁呢。自從你施洗禮結束後，我們就再也沒見過他。既沒半點消息，也不知家住哪裡，更不知他是否還活著。」

兒子朝父母鞠躬行禮，說：「父親、母親，請准許我去尋找教父吧。我想找到他，向他祝賀基督復活。」

父母同意了。於是男孩便離家，尋找教父去了。

3

男孩離家後，沿路向前走。走了半天，遇見一位陌生行人。

陌生人停下來同他打招呼：「你好啊，小男孩，你奉上帝的旨意去哪呀？」

男孩回答：「先前我去向教母祝賀基督復活，回家後，我問父母：『我的教父住哪裡？我要向他祝賀基督復活。』父母親告訴我：『兒子啊，我們不知道你教父住哪裡。自從你施洗禮結束後，他就離開了，我們再沒聽過半點消息，也不知他是否還活著。』我很想見見自己的教父，所以出門尋找他。」

於是陌生人說：「我就是你的教父啊。」

男孩十分高興，向教父行吻禮祝賀基督復活。

「尊敬的教父，你現在要上哪去？」他說：「若是往我們村子的方向，請到我們家坐坐；若是

2其時習俗，在復活節時與親人互吻三次以示祝福。

要回家，我就跟你一起走。」

教父說：「我現在要去村裡辦事，沒時間去你家拜訪。我明天才會回家，你明天再來找我吧。」

「尊敬的教父，我要如何找到你家呢？」

「你朝日出方向直走，會經過一片森林，林中有塊空地。你在空地坐下來休息一會，看看會發生什麼事；接著離開森林，你會看見一座花園，園中有一座金色屋頂的宮殿，那就是我家。你走到大門前，我會親自迎接你。」

教父說完，便不見蹤影。

4

男孩遵從教父的話，向前直走，走著走著，便走進一片森林。來到空地，他看見中央有棵松樹，樹枝上繫了根繩索，底下掛著一截約有三普特[3]重的橡木，下方則擺了一座蜂蜜槽。

男孩納悶起來，這裡爲何放著蜂蜜槽，上頭還掛了根橡木？此時，樹林內傳出沙沙聲響，只見幾頭熊冒出來：走在前方的是一頭母熊，後面跟著一頭一歲大的小熊，更後方還有三隻小小熊。

母熊鼻子嗅了嗅，直接往蜂蜜槽走去，小熊也跟著牠。母熊埋頭吃蜜，並呼喚小熊，小熊們跳過來，擠在木槽邊吃蜜。上方懸掛的橡木晃動一下，向後擺盪，碰上了小熊。母熊見狀，伸掌推開橡木。橡木飛得更遠，又盪回來，撞在小熊身上——有的背上挨一下，有的頭上挨一下，小熊全哀叫著逃開了。母熊大吼，用雙掌抓住頭上橡木，使勁推了出去。橡木高高飛起，年紀較大的小熊趕緊回到木槽邊，把嘴探進去，唏哩呼嚕吃起蜜來，其餘小熊也忙往回走。可還沒走近，橡木又飛回來了，重重撞在吃蜜的小熊頭上，牠當場斃命。

母熊厲聲怒吼，抓住橡木，用盡全力推了出去——這次橡木飛得比樹枝還高，連繩索都鬆了。母熊回到木槽邊，身後跟著小熊。橡木飛呀飛，飛到了頂點，停滯一下，又再度往下盪，它飛得越低、速度越快，力量也越大。只見橡木高速飛向母熊，砰的一聲，狠狠撞擊牠的腦袋——母熊翻倒在地，雙腿抽搐幾下便死了，小熊也各自奔逃。

5

男孩驚嘆一會，又繼續往前走。他來到一座巨大花園，裡頭有一座嵌上金色屋頂的高大宮殿。教父面帶微笑，站在大門口，同教子一番問候，便領他進門，在花園裡行走。男孩做夢也沒見過如

3帝俄時期重量單位，一普特等於十六・三八公斤。

此賞心悅目的美麗花園。

教父領著男孩進入宮殿，殿內更加富麗堂皇。教父帶他參觀所有房間，一間比一間更加華美、令人心悅神馳，最後他們來到一扇貼有封條的門外。

「你看見這扇門了嗎？」教父說：「這門並未上鎖，只貼著封條。門打得開，但我不許你這麼做。你可以住在宮殿裡，想去哪個房間、愛怎麼玩耍，皆可隨心所欲。我只有一條禁令：絕不能踏進這扇門內。假如你這麼做了，就想想你在森林裡見到的場景吧。」

教父說完便離開了。教子獨自在這裡住下。他過得十分歡樂、愜意，恍惚以爲自己只在這裡待了三個小時，實際上卻是住了三十年。

三十年後，教子走到這扇貼著封條的門外，他想：「教父爲何不許我進入這房間呢？待我進去瞧瞧，裡頭到底有些什麼東西？」

他伸手一推，封條便落下來，門開了。教子進門一看，發現門內的殿堂更加寬廣、華麗，正中央還有一個黃金寶座。他在殿內繞一圈，最後沿著階梯登向寶座，坐了下來。接著，他看見寶座旁邊擺著一根權杖，便伸手拿起權杖。

教子剛執起權杖，殿內所有牆壁忽然脫落。他環顧四周，發現自己可以觀看全世界，包含衆生一言一行。往前看——前方是一片大海，許多船隻在海上航行；往右看——是一群不信基督的異國人；左方——有一群基督徒，但不是俄羅斯人，後方才是俄羅斯人。

「我來看看家裡情況吧。」教子說：「不曉得作物長得好不好？」他望向自家田地，看見裡頭立著許多麥捆。他開始清點麥捆數量，計算小麥產量多寡。這時，他看見一個人駕駛貨車來到田裡。他原以爲是自己父親趁夜來收麥捆，然而定睛一瞧，發現是瓦西里‧庫德里亞雪夫這個小偷。只見他把車駛到麥垛前，開始搬運麥捆。

教子很氣憤，大喊：「父親，有人在偷田裡的麥捆！」

父親從睡夢中驚醒，對妻子說：「我夢見有人在偷麥捆，我出去看看。」便騎馬往田地去了。到了田裡，父親一看見瓦西里，便叫來其他農夫。衆人痛毆瓦西里一頓，把他綁起來，送進監獄。

教子又看向教母所住的城區，發現教母已經嫁給一位商人。此刻她正躺在床上睡覺，丈夫卻爬起來去外頭找情婦。教子又對她喊道：「快起來！你丈夫在亂搞呢！」

教母立刻起身，更衣出門，找到丈夫幽會地方，大肆羞辱、毒打情婦，又把丈夫趕出家門。

教子再看向自己的母親，見她躺在屋裡睡覺，這時有個強盜潛入屋內，開始翻箱倒櫃。母親驚醒過來，大聲尖叫。強盜見狀，抓起斧頭朝母親揮去，想要殺了她。

教子忍不住將權杖丟向強盜，正好擊中額角，強盜當場死亡。

6

就在教子擊斃強盜後，殿內四壁再次合攏，恢復原狀。

這時門開了，教父走進來。他來到教子面前，抓起他的手，領他走下寶座，然後說道：「你沒有聽從我的吩咐。你做的第一件壞事——便是開啓禁忌之門；你做的第二件壞事——就是登上寶座，拿起我的權杖；你做的第三件壞事——就是給世間增添了許多罪惡。若再讓你待上一個小時，可能會有半數人類因此遭殃。」

教父又把教子送上寶座，並執起權杖。牆壁再次脫落，世間一切盡入眼簾。

教父說：「而今，你瞧，你爲自己父親做了什麼：瓦西里坐牢一年，什麼惡行都會了，徹底淪爲暴徒。看哪，他不僅偷走你父親兩匹馬，還要縱火燒掉農舍。這就是你爲自己父親做的好事。」

教子剛瞥見自家農舍起火，教父便掩住畫面，讓他看向另一邊。

「瞧，」教父說：「你教母的丈夫如今拋下妻子，在外頭與其他女人廝混足有一年了。先前的情婦已不知所蹤，你教母也因傷心過度開始酗酒。這就是你爲教母所做的好事。」

教父又掩住畫面，讓教子看向自家。只見他的母親正哭著懺悔，說：「假如那時讓強盜殺了我多好，我也不會造了這麼多孽。」

「這就是你為自己母親做的好事。」教父又隱去這一幕，讓教子繼續往下看。教子看見那個強盜，他被兩名衛兵抓住，帶到黑牢前。

教父又說：「此人殘害了九條性命。他本該親自贖罪，你卻殺了他，接收了他所有罪愆。如今你必須承擔他所有罪業，這就是你為自己做的好事。母熊一推橡木——驚擾小熊；二推橡木——撞死小熊；三推橡木——害死自己。你的行為正是如此。現在我給你三十年時間，去世間償還強盜所犯的罪業。若無法贖清，你就得代他受過。」

教子問：「我該如何贖清他的罪業呢？」

教父答：「當你在世間消滅的罪惡等同你所增添的，你便償清了自己與強盜的罪業。」

教子又問：「我該如何消滅世間的罪惡呢？」

教父說：「你朝日出方向直走，會經過一塊田地，那裡有許多人，你觀察他們的行為，並傳授他們你所知的道理；接著繼續向前走，留心沿途見聞；到了第四天，你會經過一座森林，裡頭有間修道小屋，住著一位老修士。你告訴他事情經過，他會教你怎麼做。當你完成老修士的所有吩咐，你便贖清自己與強盜的罪業了。」

教父說完，便讓教子從大門離開。

7

教子上路了。他邊走邊思索：「我該如何消滅世間罪惡呢？世人懲奸除惡的方式通常是把歹徒流放到遠方、坐牢或判處死刑；我該如何做，才能消滅罪惡，又不致接收他人罪業呢？」他想了又想，依舊沒有答案。

走著走著，他經過一處田地。田裡的小麥長得很好，穗實豐盈，正是收穫季節。這時，教子看見一頭小牛鑽進麥田，其他農民也發現了，連忙騎馬追趕，驚得小牛在麥田裡東奔西竄。小牛才想跑出麥田，便有人趕上來，牠嚇得又縮回田裡，眾人只好再繞著牠追。

一個農婦站在路邊哭道：「我的小母牛快被他們折騰死了。」

教子於是對農民說：「你們為何要追牛呢？你們現在離開田裡，讓主人呼喚小牛吧。」

農人聽從他的建議。農婦走到田邊，開始呼喚小牛：「噗嘶、噗嘶……小黃牛，噗嘶、噗嘶……」小牛豎起耳朵聆聽，不一會兒便跑向女主人，一頭鑽進她裙子下襬，差點沒把她撞倒。眾人皆大歡喜，小牛也是。

教子繼續向前走，心忖：「現在我明白了，以惡制惡只會帶來反效果。世人越想驅逐邪惡，惡行便益發滋長。所以，不能以惡制惡。但是該怎麼做呢？我真不知道。幸好，小牛肯聽主人的話，若牠不聽，又該如何把牠引出來呢？」

教子想了又想，依舊得不到答案，便繼續向前走。

8

教子走呀走地，來到一座村莊。他向村尾一戶農家求宿，女主人答應了。屋裡沒有別人，只有女主人在清潔打掃。

教子進屋後，便爬到爐炕上方，看女主人做家事。只見女主人拖完地後，又刷洗桌子，接著用一條髒兮兮的抹布擦拭桌面。她先從一側擦起，卻擦不乾淨——髒抹布在桌上留下許多汙痕。她換了一個方向擦——原本的汙痕擦掉了，卻冒出新的汙漬；她再換成縱向——結果依然如此。髒抹布總在桌面留下痕跡，擦掉一塊汙漬，又冒出新的來。

教子看了好一會，開口問道：「太太，你這是在做什麼呀？」

「你看不出來嗎？」她說：「爲了慶祝節日，我在打掃家裡呢。偏偏這張桌子怎麼也擦不乾淨，老是有汙痕，眞是累死我了。」

教子說：「你把抹布洗乾淨再擦不就好了？」

女主人照做了，很快就把桌子擦好了。

「謝謝。」她說：「你教了我一個好辦法。」

隔天早晨，教子告別女主人，繼續上路。走著走著，他走進一座森林，看見一群農民正在彎折輪輞[4]。他走近一瞧——只見他們忙得團團轉，輪輞卻不見彎曲。

教子觀察了一會，發現他們沒有固定輪轂[5]，便開口說：「兄弟，你們在做什麼呀？」

「我們在彎折輪輞。木頭已經蒸過兩次，卻怎麼都扳不了，累死我們了。」

「兄弟，你們應該先固定輪轂，才不會跟著它團團轉。」

農民聽從他的建議，固定住輪轂，於是順利完工。

教子跟著他們歇一晚，隔天繼續出發。他走了一個晝夜，在黎明前遇見一群牧人，便挨在他們附近，躺下來休息。

牧人安頓好牲口便著手生火，他們找來一些乾樹枝，點燃後不等火燒旺，又添了許多濕木柴。濕柴遇火滋滋作響，火苗逐漸熄滅；牧人再次找來乾樹枝點燃，又添上濕木柴，火焰再度熄滅。如此循環往復，遲遲無法生起火堆。

教子見狀，說道：「你們別急著添柴，等火燒旺了再說。」

牧人依言行事，待火燒旺了，才添上濕柴。木柴很快引燃，熾焰熊熊。

教子同他們坐一會，又繼續上路。他想了又想，依然不明白他遇上這三件事究竟有何涵義。

9

教子走著走著，走了一整天，來到一座森林，林中有間修道小屋。教子上前敲門，裡頭有人問道：「誰呀？」

「我是罪大惡極之人。來此爲他人贖罪。」

老修士出來問道：「你背負他人哪些罪業？」

教子全盤托出：關於教父、母熊與小熊、禁忌殿堂內的寶座、教父的吩咐，以及他在麥田的所見所聞：一群農民爲了追趕小牛如何大肆踐踏麥田，小牛又是如何自動出來跑向女主人。

「我了解，不能以惡制惡。」教子說：「但我仍不明白，究竟該如何消滅罪惡。請指點我。」

老修士說：「告訴我，這一路上你還看見了什麼？」

教子又講了關於擦桌子婦人的事，還有那群彎折輪輞的農民，以及嘗試生火的牧人。

4古時將馬車車輪外圈稱爲輞。

5連結車輪與車軸的組件。

老修士聽完後，轉身回到小屋，取出一把有缺口的小斧頭。

「走吧。」他說。

老修士帶著教子來到屋外一處空地，指著一棵樹，說：「砍吧。」

教子砍倒了樹木。

「現在把它砍成三截。」

教子於是把樹砍成三截。老修士又返回小屋，取出火把來。

「燒了這三截樹幹。」他說。

教子點火，三截樹木燒成了三塊焦木。

「把焦木埋進土裡，露出半截即可。」

教子又埋了焦木。

「你瞧，山下有條河流，你去河邊用嘴吸水，回來灌溉這些焦木。用你指點擦桌子婦人、彎輞的農民以及那群牧人的方法，去灌溉這三塊木頭。當這三塊焦木發芽，並長出三棵蘋果樹來，屆時你便知道如何消滅世人的罪惡，也償還了所有罪業。」

老修士說完，便走回小屋。

教子左思右想，依然無法理解老修士這番話的用意，便按照吩咐行事。

10

教子來到河邊，用嘴吸滿水，回去淋在焦木上，如此走了一趟又一趟，到了第一百趟，一塊焦木周遭的泥土才算完全濕潤。他繼續用同樣方式澆灌另外兩塊木頭。結束後，教子十分疲憊，肚子也餓了。他走向老修士的小屋，想討點東西吃。

推開門，他發現老修士直挺挺躺在長凳上，已經死了。教子看看四周，找到幾片小麵包乾，便吃掉了；接著他又找到一根鐵鍬，遂爲死去的老修士挖起墓穴。

教子夜晚吸水灌溉木頭，又在白日挖掘墓穴；墓穴剛挖好，準備安葬死者之際，村裡派人給老修士送食物來了。

村民知道老修士已死，便爲教子祈福，請他接任老修士的位置。他們安葬了老修士，給教子留下許多麵包，承諾之後會再帶食物過來，接著便離去了。

教子於是留下來，住在老修士的小屋裡，依靠村民送來的食物維生，按老修士的吩咐，每日用嘴從河邊吸水，灌溉三塊焦木。

如此過了一年，開始有許多人前來求見教子。他的名聲傳揚開來，人們說，有位聖人隱居在森林裡，每日下山到河邊用嘴吸水，灌溉三根焦木。來此拜見的群衆很多，還有不少富商乘車過來，送禮給他。除了生活必需品外，教子一件不留，全送給其他窮人。

教子每日生活作息如下：用半天時間吸水澆灌木頭，剩下時間則用來休息與接待訪客。

教子認爲，他應該按這種方式生活，以此償還、消除所有罪惡。

如此又過去一年，教子日日吸水灌溉，卻沒有一根木頭發芽。

某天，他坐在小屋裡，聽見外頭有人騎馬經過，嘴裡還哼著歌。

教子走到屋外，想看看是什麼人——只見對方年輕力壯、衣著華美，座騎與馬鞍皆名貴不凡。

教子攔住他，詢問他是什麼人，又要往哪裡去。

來人停下馬。

「我是個強盜。」他說：「攔路殺人搶劫。人殺得越多，歌唱得越開懷。」

教子大吃一驚，心想：「如何才能消除此人的惡念？那些來拜訪我的人都有懺悔之心，我能同他們好好說理。可眼前這人卻大肆炫耀惡行。」

教子一言不發走開了，卻又不禁思索：「現在怎麼辦？假如這個強盜時常在附近出沒，民衆會怕他，不敢再上我這裡來。不僅於他們有害，我又該如何維生？」

於是教子停下腳步，對強盜說：「人們到我這裡來，不是爲了炫耀惡行，而是爲了懺悔、祈求寬恕己身罪孽。假如你還敬畏上帝，就懺悔吧！若你不願懺悔，那就離開，再也別上這裡來。不要擾亂我的平靜，嚇跑我的民衆。如果你不聽勸，上帝會懲罰你。」

強盜哈哈大笑。

「我不怕。」他說：「上帝與你的話，我都不信！你不是我的主人。你靠禱告吃飯，我靠搶劫吃飯，都是混口飯吃罷了。你只管教訓那些上門找你的娘娘腔，別想教訓我！但是，既然你提起了上帝，明天我就要多殺兩個人。我現在也想殺你，可又不想弄髒我的手。警告你，以後別再讓我看見你！」

強盜恐嚇完畢，便揚長而去，此後再也不曾出現。

教子像過往那樣平靜生活，如此度過八年歲月，他開始感到煩悶枯燥。

11

某夜，教子灌溉完三塊焦木後，回到修道小屋休息。他坐下來，盯著外頭的小徑，看看是否有任何人影。可惜今天沒有半個人上門。

教子獨自坐到深夜，益發感到苦悶，開始思索自己的人生。他想起那名強盜指責他「靠禱告吃飯」。

教子回顧自己的人生：「不，我並沒有按照老修士叮囑的方式過活。他對我施予懲戒，我卻以此沽名釣譽，作為謀生工具。如今我竟迷了心竅，只因無人前來拜訪便感到煩悶枯燥。面對來訪群眾，也只是沾沾自喜於他們對我的讚揚——我不該這樣生活。我迷失在俗世虛名中，不僅沒有償還過往罪業，反而新添了不少。我必須換個住處，進到深林之中，任何人都找不到我，從此一個人生活，才不致增添新的罪業，又能還清過往背負的一切。」

教子想通後，便攜著一袋麵包乾與鐵鍬，離開小屋進入山谷，打算找一處偏僻地方，挖個小土窖——離群索居。

正當教子扛著東西走在路上時，竟迎面碰上那個強盜。教子嚇壞了，拔腿就跑，可還是被強盜追上了。

「你上哪去？」強盜問。

教子便告訴他，自己想離群索居。

強盜感到很訝異，說：「如果人們都不去找你，今後你要吃什麼維生？」

教子先前並未考慮這點，經強盜這麼一問，才想到食物這回事。

他說：「上帝賜什麼，我便吃什麼。」

強盜不再多說，繼續上路了。

教子心想：「我剛才怎麼不問問他現在的生活？或許，他現在會懺悔呢。他看來溫和許多，不再威脅要殺人了。」

於是教子對強盜的背影高喊：「你還是應該懺悔！你躲不過上帝的！」

強盜掉轉馬頭，從腰間抽出一把刀來，對著教子揮了揮，嚇得他連忙逃進森林裡。

強盜沒有追他，只說：「這是我第二次放過你了，老頭子，再有第三次我一定要你的命！」

強盜說完，揚長而去。

當晚，教子去灌溉焦木，赫然發現——其中一截發芽了，長出小小的蘋果樹苗。

12

教子遠離人群，獨自隱居。

帶來的麵包吃完了，他想：「嗯，那就去找些草根來吃吧。」

教子方要出門尋找，卻發現——樹枝上竟然掛著一袋麵包乾。他便取下這袋麵包乾果腹。

這袋麵包乾剛吃完，他又在樹枝上發現另一袋。教子便以此過活。

他唯一的困擾就是恐懼強盜。每每聽見強盜出現，便立刻躲起來，心忖：「我不能被殺死，這樣就無法贖清所有罪業了。」

如此又過了十年歲月。那株蘋果樹已經長大，可其他兩塊焦木依然沒有變化。

某天，教子起了個大早，開始灌溉焦木的例行作業。完成後，他坐下來休息。

他一邊坐著休息，一邊想：「我又犯戒了，變得貪生怕死。或許，上帝希望我以死贖罪。」

念頭方起，教子忽然聽見強盜策馬而來，口中連連咒罵。

教子聽了，心想：「唯有上帝能決定我的吉凶禍福。」於是迎向強盜。

只見強盜並非隻身上路，身後馬背上還馱著一個人，此人雙手遭縛，嘴也給堵住了。那人無法說話，強盜正對著他咒罵。教子走向強盜，停在馬前。

他問：「你要把這人帶到哪去？」

「這是商人的兒子，我要把他帶進森林裡。因爲他不肯告訴我，他父親的錢藏在哪裡，所以我要不斷鞭打他，直到他開口爲止。」

強盜說完，又要繼續向前走。教子卻拉住馬的轡繩，不肯鬆手。

教子說：「你放了他吧。」

強盜大怒，作勢要打教子。

「莫非你也想嘗嘗我的厲害？」他說：「我說過會殺了你。還不滾開！」

教子沒有被他嚇倒。

「我不會放手。」教子說：「我也不怕你，我敬畏的只有上帝。上帝並未命我鬆手。你還是放了那個人吧。」

強盜皺眉，沉著臉抽出刀子，割斷繩索，放走商人的兒子。

「現在快滾！」他說：「最好別再讓我碰上你們兩個。」

商人之子連忙跳下馬來，逃走了。強盜想要離開，可教子再次攔住他，又是勸他改邪歸正。強盜站在那兒聽完後，不發一語走了。

隔天早上，教子前去灌溉焦木，發現又有一截發芽了，同樣長出小小的蘋果樹苗。

13

又過了十年。

某日，教子坐在土窖內，他無欲無求、無所畏懼，唯有滿心歡喜。他想：「上帝賜予人類多大的恩典啊！人們原可過著喜樂生活，卻往往自尋煩惱。」思及世間一切罪惡，眾生又是如何自尋苦難、蒙受折磨，他不禁憐憫起世人。

「我這般生活徒勞無功，應該要向世人傳達我所領悟的道理。」

這個念頭才剛浮現，教子又聽見強盜策馬而來，他想：「同這種人傳道沒用，他不會理解的。」便想忽略強盜。

然而經過反覆思考，教子還是離家走到大路上。只見強盜騎在馬上，鬱鬱寡歡，雙目低垂，直視地面。教子見他這副模樣，不由心生憐憫，跑到強盜面前，按住他的膝頭。

「親愛的兄弟，」教子說：「可憐可憐你的靈魂吧！要知道你體內依然蘊藏著神聖的靈性，何苦折磨自己、折磨別人，將來還得承受更多苦難？上帝如此愛你，爲你準備了何等珍貴的恩典！別毀了自己，兄弟，還是改過自新吧。」

強盜皺緊了眉，別過頭說：「別纏著我。」

教子更是握緊他的膝頭，落下淚來。

強盜抬眼望向教子，望著望著，忽然翻身下馬，跪在教子跟前。

「老頭子，你贏了。」他說：「我們鬥了二十年，你終究比我強大。如今我不再恣意妄爲，任憑你差遣。你第一次規勸的時候，我反而變得更加兇狠；直到你告訴我，你打算離群索居，不再需要旁人分毫給予，我才開始思考你的話語。」

教子於是想起那個擦桌子的婦人，唯有先洗淨抹布才能拭淨桌面——待他停止計較個人得失、淨化自己心靈後，方能淨化他人心靈。

強盜又說：「當我發現，你面對死亡也無所畏懼時，我開始回心轉意。」

教子又想起那群農民，唯有先固定輪轂，才能彎折輪輞：當他不再恐懼死亡，把自己的生命交託予上帝，才折服了一個桀驁不馴的心靈。

強盜又說：「當你憐憫我，在我面前落淚之際，我的心才徹底融化。」

教子十分高興，帶著強盜去看那三塊焦木。當他們抵達那裡，看見最後一截焦木也長出蘋果樹苗來。

人。

教子又想起那群牧人，唯有火燒旺了，才能引燃濕柴；他同樣要有一顆熾熱的心，方能點燃他人。

教子無比喜悅，他終於還清所有罪業了。

他向強盜講述所有道理後，就此溘然長逝。

強盜安葬了教子，此後便按其叮囑的方式生活，並傳達給世人知曉。

托爾斯泰生平事略

※附錄內註解如遇俄文人名，以俄、英雙語表示，地名、作品名則以英文表示。

一八二八年	九月九日（儒略曆八月二十八日），列夫·尼古拉耶維奇·托爾斯泰（Лев Николаевич Толстой, Leo Tolstoy）生於俄羅斯帝國亞斯納亞·波利亞納莊園（Yasnaya Polyana，意譯「晴園」），在五個孩子中排行第四，由於父母早逝，自幼年起即由親戚撫養長大。托爾斯泰的家族是俄羅斯源遠流長的貴族，而他也在日後成為全家族中最有影響力的一位成員。
一八四四年	進入喀山大學學習法律與東方語言，但是未取得學位。老師評論為「沒有學習熱忱與天賦」。
一八四七年	回到晴園，希望在經營莊園同時自行安排學業，隨後卻將大量時間花費在莫斯科、聖彼得堡、圖拉（Tula）等地的社交場所中，欠下大筆賭債。
一八五一年	因債務緣故，與兄長一同前往高加索當兵，並開始嘗試寫作。
一八五二年	發表小說《童年》（*Childhood*），藉由細膩描寫主人翁的內心世界，分析自己的成長歷程。
一八五四年	轉調至多瑙河戰線，參與過克里米亞戰爭中的塞瓦斯托波爾圍城戰。陸續發表小說《少年》（*Boyhood*）、《青年》（*Youth*），和《童年》合併即是他深度剖析自身成長歷程的自傳型作品；《塞瓦斯托波爾故事集》（*Sevastopol Sketches*）則敘寫自身戰爭經歷。這些作品獲得屠格涅夫（Иван Сергеевич Тургенев, Ivan Turgenev）高度讚賞，托爾斯泰自此開始在文壇積累名聲。
一八五五年	離開軍隊返回聖彼得堡，重新投入娛樂圈子，他對自己的嗜酒好賭抱有極大罪惡感，卻對有相同行為的人大加撻伐。此種偏激個性與雙重標準使他在文學圈中很快被孤立。
一八五七年	發表短篇小說《琉森》（*Lucerne*），爾後陸續發表多部短篇小說，至逝世以前皆創作不輟。第一次遊歷西歐。

一八五九年	發表中篇小說《家庭幸福》（*Family Happiness*）。
一八六〇年	第二次遊歷西歐，結識法國文學家雨果（Victor Hugo），對他的作品《悲慘世界》（*Les Misérables*）欽佩之至。
一八六一年	與法國思想家普魯東（Pierre-Joseph Proudhon）晤面，兩人的政治與教育理念不謀而合，回國後托爾斯泰在領地內為農民設立了十三所學校，但在同年又因農奴制取消與其他政治因素而解散。托爾斯泰的教育生涯雖然為時甚短，卻被認為是當代民主學校的濫觴。
一八六二年	九月二十三日與沙皇御醫之女索菲亞．別爾斯（Со́фья Андре́евна Берс, Sophia Behrs）結婚。索菲亞當時年僅十八歲，她和托爾斯泰育有十三個孩子，其中五個夭折。雖則如此，夫婦婚後生活不虞匱乏，索菲亞並代替丈夫管理莊園、謄清文稿，讓托爾斯泰能專注於創作。但兩人關係無法維持和睦，到了晚年更因價值觀差距過大，有逐漸劣化的趨勢。
一八六三年	發表中篇小說《哥薩克》（*The Cossacks*），是托爾斯泰早期創作的總結，提出自己「貴族平民化」的思想觀點。
一八六五年	開始撰寫長篇小說《戰爭與和平》（*War and Peace*）。
一八六九年	托爾斯泰的劃時代巨著《戰爭與和平》出版。同年在致友人的信件中提及，自己閱讀過叔本華（Arthur Schopenhauer）的《作為意志和表象的世界》（*The World as Will and Representation*），逐漸轉向該書宣揚的苦行禁慾生活。
一八七三年	開始撰寫長篇小說《安娜．卡列尼娜》（*Anna Karenina*）。
一八七七年	《安娜．卡列尼娜》出版，杜斯妥也夫斯基（Фёдор Михайлович Достоевский, Fyodor Dostoyevsky）稱其「在歐洲文壇上沒有任何一部作品可以與之相媲美。」

一八七九年	發表散文《懺悔錄》（*A Confession*）。
一八八四年	發表哲學著作《什麼是我的信仰》（*What I Believe*，又名 *My Religion*），公開表明自己的基督教信仰、支持非暴力與和平主義思想。
一八八六年	發表中篇小說《伊凡・伊里奇之死》（*The Death of Ivan Ilyich*）、劇本《黑暗勢力》（*The Power of Darkness*）。
一八八九年	發表中篇小說《克魯采奏鳴曲》（*The Kreutzer Sonata*）。 開始撰寫長篇小說《復活》（*Resurrection*）。
一八九一年	發表劇本《啟蒙之果》（*The Fruits of Enlightenment*）。
一八九四年	發表哲學著作《天國存於你心》（*The Kingdom of God Is Within You*）。
一八九六年	開始撰寫中篇小說《哈吉・穆拉特》（*Hadji Murat*）。
一八九七年	發表哲學著作《藝術論》（*What Is Art*）。
一八九九年	《復活》歷時十年後完稿出版。
一九〇〇年	發表劇本《活屍》（*The Living Corpse*）。
一九〇一年	首度獲諾貝爾和平獎提名。
一九〇二年	二度獲諾貝爾和平獎提名，並從這年起至一九〇六年，每年皆獲諾貝爾文學獎提名。
一九〇四年	《哈吉・穆拉特》完稿，但托爾斯泰在世期間始終未發表此作。

一九〇八年	發表致印度人民的公開信，譴責英國殖民統治，鼓勵印度人「勿以暴抗惡」、用「愛的原則」拯救自己。開始與印度聖雄甘地（Mohandas Gandhi）有所交集。
一九〇九年	開始與甘地通信，至隔年逝世為止。 同年第三度獲諾貝爾和平獎提名，但包括文學獎在內，托爾斯泰多次獲得提名卻從未獲獎過，此紀錄成為諾貝爾獎歷史上的巨大爭議之一。
一九一〇年	十一月二十日逝世於梁贊省阿斯塔波沃（Astapovo, Ryazan Governorate）火車站站長室，享壽八十二歲。當天托爾斯泰離家出走，由他的醫生和小女兒陪伴，途中罹患肺炎，因此過世。十一月二十二日遺體送回晴園安葬。
一九一七年	《哈吉．穆拉特》全文出版。
一九一八年	阿斯塔波沃火車站更名為列夫．托爾斯泰站。

國家圖書館出版品預行編目資料

托爾斯泰短篇小說選集 II / 列夫 ·托爾斯泰 (Leo Tolstoy) 著
; 何瑄譯 . -- 初版 . -- 臺中市 : 好讀 , 2020.07
面 ; 公分 . -- (典藏經典 ; 129)

譯自 : Selected short stories of Leo Tolstoy

ISBN 978-986-178-522-6(平裝)

880.57 109006692

好讀出版

典藏經典 129

托爾斯泰短篇小說選集 II

填寫線上讀者回函
獲得更多好讀資訊

作　　者／列夫．托爾斯泰 Leo Tolstoy
譯　　者／何瑄
總 編 輯／鄧茵茵
文字編輯／林泳誼
行銷企畫／劉恩綺
發 行 所／好讀出版有限公司
407 台中市西屯區工業 30 路 1 號
407 台中市西屯區大有街 13 號（編輯部）
TEL: 04-23157795 FAX: 04-23144188 http://howdo.morningstar.com.tw
（如對本書編輯或內容有意見，請來電或上網告訴我們）
法律顧問／陳思成律師

總 經 銷 ／知己圖書股份有限公司
106 台北市大安區辛亥路一段 30 號 9 樓
TEL: 02-23672044 / 23672047 FAX: 02-23635741
407 台中市西屯區工業 30 路 1 號
TEL: 04-23595819 FAX: 04-23595493
E-mail: service@morningstar.com.tw
網路書店：http://www.morningstar.com.tw
讀者專線：04-23595819#230
郵政劃撥：15060393（戶名：知己圖書股份有限公司）

印　　刷／上好印刷股份有限公司
初　　版／西元 2020 年 7 月 1 日
定　　價／ 320 元
如有破損或裝訂錯誤，請寄回臺中市 407 工業區 30 路 1 號更換（好讀倉儲部收）

Published by How Do Publishing Co., Ltd.
2020 Printed in Taiwan

ISBN 978-986-178-522-6